LA ASCENSIÓN DE
LOS MAESTROS
DE LA SANGRE

Los Dragones De Durn Saga, Libro Cinco

Kristian Alva

LIBROS DE
KRISTIAN ALVA

Dragones de Durn, Libro Uno
El Retorno de los Jinetes de Dragón, Libro Dos
El Emperador Inmortal, Libro Tres
La Maldición Balborita, Libro Cuatro
La Ascensión de los Maestros de la Sangre, Libro Cinco
La Redención de Kathir, Libro Seis
Enemigos en las Sombras, Libro Siete
La Destrucción de Miklagard, Libro Ocho
La Traición, Libro Nueve (próximamente)

Novelas
El Nido: Las Aventuras de los Dragones de Durn
La Bruja de las Cavernas (próximamente)
Nydeired (próximamente)

Trilogías
Los Dragones de Durn Saga, Trilogía
Las Crónicas de Tallin, Trilogía
Magos Rebeldes, Trilogía (próximamente)

Todos los libros están disponibles en Kindle Unlimited.

AVISO DE COPYRIGHT

LA ASCENSIÓN DE LOS MAESTROS DE LA SANGRE
Los Dragones de Durn Saga, Libro Cinco

Dedicado a mis hijos, los dragoncitos más dulces de todos.

Estepa Baldia

Snowmarsh

Brighthollow
(inexplorado)
Elfos

Miklagard

Bosque de Everwood

Río Lopt

Sut-Burr

Colinas de Northhurst

El Mar Fecundo

Wheatbridge

Freydale

Pantano de Stonehill

Bahía Blanca

Paso del Muerto

Llanuras de Trautt

Pine Grange

El Lago Esterford

Syrd

Monte Heldeofol

Highmill

Montañas Highport

Pinemount

Lago Wren

Monte Velik

Blackhaven

Bosque Muerto

Frontera de Sleita

Las Arenas de la Muerte

Torre de Aónach
(Ruinas)

Morholt

Ironport

Mistfair

Hrlinda

Ravenwood

Lysa

Fairfort

Tribus Nómadas

Parthos

Lochdell Barrens

Dyrr

Mallowgate

Rignus

Fallwick

Río Orvasse

Montañas Elburguianas

Bálbor

Pérsil

Jutland

Lago Vere

El Sauce Venerable

Grofthaven

Faërroe

Hwit Rock

Gardärshlom

Bosque de Darkmouth

Isla Redmoor

Buttermead

Mar Negro

Starryford

Isla Welley

N

Mar de Lofa

Durn

1. REGRESO AL SAUCE VENERABLE

Ida y vuelta, ida y vuelta. ¿Cuántas veces había hecho este viaje en los últimos cinco meses? Tallin dejó de contarlas después de la quinta. Esta vez volvía al nido llevando consigo a su tía Mugla. Ella le había rogado acompañarle, y no encontró el valor para decirle que no, como había hecho antes.

Hasta ahora, Tallin había estado dividiendo su tiempo entre las Cavernas de Highport y el Sauce Venerable. Los enanos de Highport necesitaban su ayuda. Muchos de ellos estaban enfermos, desnutridos o tenían alguna enfermedad grave. Su tía Mugla no podía satisfacer la demanda con sus poderes. Pero también tenía otras responsabilidades que no podía ignorar: la protección del nido de Shesha, el primer nido de huevos de dragón que habían descubierto en mucho tiempo.

Las responsabilidades pesaban mucho en su tiempo y espíritu. Estaba atrapado con la realidad de que no podía estar en dos lugares a la vez.

La conversación de Tallin y Mugla durante el regreso al Sauce Venerable era ligera, hablaban del clima y otros asuntos triviales. Siempre que la conversación se volvía seria, Tallin encontraba el modo de cambiar de tema. Pasó preocupado todo el viaje, y nunca recobró la paz de espíritu.

Si Tallin y Duskeye se paraban por el camino para cazar, Mugla se quedaba sola en el bosque. Al principio se sintió desbordada por una sensación de aislamiento, pero con el tiempo se habituó a la soledad. Había vivido tanto tiempo entre los enanos que se había acostumbrado a no tener privacidad. En comparación con las estrechas y claustrofóbicas estancias de las cavernas de Highport, el vacío del bosque ciertamente parecía enorme.

Cuando el tiempo estaba despejado, dormían bajo las estrellas junto a una pequeña hoguera. Por desgracia, su viaje estuvo salpicado de gélidas tormentas, y a menudo Mugla pasaba la noche tiritando de frío. Cuando llovía dormían bajo un árbol, o si tenían suerte, en una cueva. Pero pese a aquellas incómodas condiciones ella nunca se quejó; no pensaba protestar, sobre todo teniendo en cuenta que era una invitada en ese viaje, y que Tallin había accedido a llevarla a regañadientes.

Ella había insistido en ir, para asegurarse de que Tallin llegara a salvo, pero también para descubrir más sobre su conexión con Skera-Kina, la asesina balborita que los había atacado en las cavernas de los enanos.

Por las noches se sentaban junto al fuego, y en

ocasiones hablaban de esa mujer que había intentado matar a Tallin varias veces. No conocía la piedad, era una criatura de pesadilla. El tema solía agriarles el ánimo, por lo que al final Mugla dejó de mencionarlo por completo. A veces hablaban de cosas más felices, como el nido de dragón, algo que siempre ponía a Tallin y Duskeye de buen humor. Una de esas noches, la voz de Mugla interrumpió el ensimismamiento de su sobrino.

"¿Cómo crees que le estará yendo a los huevos?", preguntó.

Tallin esbozó una sonrisa. Le encantaba hablar del inminente nacimiento de los polluelos, era justo la distracción que necesitaba. "Estoy seguro de que todo va bien, pero me preocupo cada minuto". Luego añadió, con aire ausente: "Me pregunto si alguno de los huevos se habrá abierto ya".

"*Es improbable*", señaló Duskeye. "*Aún es demasiado pronto. Cuando lleguemos al Sauce Venerable, vigilaremos el nido juntos hasta que salgan los polluelos. Shesha aguarda nuestro regreso*".

Tallin sonrió nuevamente y cruzó los brazos por detrás de la cabeza. Los huevos de dragón habían consumido sus pensamientos desde que los vio por primera vez. Por supuesto, el nido significaba más que una distracción placentera. Era la clave para el futuro de la especie de los dragones. En los años que precedieron a la última guerra, los dragones habían sido prácticamente exterminados por el vil emperador Vosper, y los que quedaban huyeron al desierto para ocultarse. El emperador fue finalmente derrotado, pero muy pocos dragones sobrevivieron a la guerra. Se albergaban pocas esperanzas sobre su futuro desde entonces.

Sólo quedaba un puñado de hembras anidadoras, y la probabilidad de que alguna de ellas llevara a término una puesta de huevos era baja. Sin embargo, de algún modo Shesha y Duskeye se habían apareado y habían producido un nido sano. La repentina fertilidad de la dragona había sorprendido a todos.

¡Por fin había esperanza para aquella majestuosa especie! No solo eran buenas noticias para los dragones y sus jinetes, sino para todo el mundo.

"¿Cuánto falta para que eclosionen?", preguntó Mugla. No sabía mucho sobre aquellas criaturas, pues en el reino enano no las había. Tallin era un *mestizo*, el único jinete de dragón del continente con sangre enana.

"Es muy variable, pero normalmente tardan varios meses", respondió su sobrino. "A veces más, si el clima es frío".

"Ah, unos cuantos meses no es nada", replicó ella. "Pronto habrán salido".

Tallin negó con la cabeza. "No lo bastante pronto para mí. Pero mientras el nido esté seguro, eso es lo único que realmente importa". Se inclinó hacia atrás, y su rostro se oscureció. "¿Crees que Skera-Kina irá a buscarnos al Sauce Venerable? No podemos arriesgarnos a que encuentre el nido".

"No, creo que no hay ninguna posibilidad de que pase eso", dijo Mugla. "Seguramente fuera una coincidencia que apareciera en Highport mientras tú estabas ahí. Y en cualquier caso, no sabe hacia dónde nos dirigimos". Mientras decía esto, acariciaba la mano de Tallin.

Él forzó una sonrisa. "Seguramente tengas razón".

"Todo saldrá bien. No te preocupes tanto". Mugla se aclaró la garganta y miró hacia otro lado. Sentía que le estaba mintiendo, pero no sabía qué otra cosa decir. Tras aquello, la conversación se apagó, y por una vez no trató de revivirla.

Los días pasaron, y eventualmente llegaron a las inmediaciones del Sauce Venerable. Ahora que estaban más cerca, Duskeye agitaba sus alas con más fuerza y volaban más rápido. Cerca del mediodía, Tallin anunció: "Puedo ver la copa del Sauce Venerable en la distancia. Llegaremos antes del anochecer".

Mugla sonrío. "Bien. Será agradable ver a Chua y descansar como es debido por la noche. Hay algo en ese lugar que me revitaliza el alma... Me encanta el paisaje y los árboles, es un sitio tan sereno... Estar allí me ayuda a pensar más claramente".

Las horas pasaron rápidamente, y por fin alcanzaron su destino. Mugla entornó los ojos, mirando por entre los árboles que sobrevolaban a baja altura. Pudo ver una hoguera ardiendo en la pradera que tenían debajo, y a su lado también distinguió a un hombre de poco tamaño, cubierto con una manta. "Mirad, hay alguien cocinando ahí abajo".

Tallin olisqueó el aire impacientemente. "¿Chua ha hecho un estofado? ¿O tengo tanta hambre que me imagino cosas?"

"No, tienes razón. Sin duda está cocinando algo

bueno".

El olor a verduras estofadas y a especias impregnaba el aire, haciendo rugir sus estómagos. Al bajar un poco más vieron a Chua, removiendo cuidadosamente una olla de hierro suspendida de un gancho sobre un pequeño fuego. Mugla sonrió. "Nos vendría bien comer algo caliente después de todas estas noches heladas".

Duskeye agitó las alas y descendió hasta la arboleda sagrada que Chua había convertido en su hogar. Tras un último aleteo, aterrizó junto al Sauce Venerable, posándose bajo las ramas que pendían del mismo. Había unas bonitas lámparas de papel prendidas de las hiedras que ascendían por el enorme tronco del árbol.

Con la ayuda de Tallin, Mugla se bajó de la silla de Duskeye y estiró la espalda. Se sentía entumecida tras la larga travesía. Sonriendo, caminó lentamente hacia Chua, parándose junto a una pequeña mesa de madera sobre la que había un ramo de flores silvestres. Tomó una de ellas, la olió y volvió a dejarla en su sitio. "Qué bonitos son los girasoles, ¿verdad?"

Al llegar junto a su amigo, lo saludó afablemente. "¡Chua! ¿Has preparado todo esto tú mismo? ¡Qué atento de tu parte!", le dijo, besando su mejilla surcada de cicatrices. "Gracias por esforzarte tanto por nosotros".

Starclaw, la compañera de Chua, descansaba al otro lado de la hoguera. "Hola, Starclaw", saludó Mugla, dando unas palmadas en el hocico a la dragona verde, que ronroneó y le lamió la mano.

Chua se acomodó en un pequeño montón de almohadas y alzó la barbilla para saludarlos. "Bienvenidos, bienvenidos. Os esperábamos. Me alegra que estéis aquí, llegáis justo a tiempo para la cena. Yo he hecho el estofado, pero no puedo adjudicarme todo el mérito. Starclaw colgó las lámparas y preparó la mesa con las flores. Ya veis que es una gran ayudante".

Las linternas eran para Tallin y Mugla. Chua y Starclaw eran ciegos, pero aun así lograban llevar una vida bastante normal.

"No puedo esperar a probar ese guiso", dijo Tallin relamiéndose los labios. "Huele divino". La humeante olla burbujeaba vigorosamente, llena hasta el borde de un espeso caldo de verduras.

Mugla asintió y se dirigió a la mesa. "¿Por qué no te sientas, querido? Llenaré un cuenco y te lo traeré hasta aquí".

Mugla sirvió una ración de guiso para cada uno, vertiendo la mezcla en unos cuencos que repartió entre todos. Chua permaneció en el suelo, al lado de Starclaw.

Tallin inspiró profundamente, tomó una cucharada y sonrió. El calor le abrasaba la garganta, pero eso no lo persuadió de tragar ansiosamente. Tras devorar su primer cuenco, se levantó rápidamente para servirse otro él mismo. "Esto está de maravilla, Chua".

Chua rio y alzó su cuenco en el aire, como saludando. "Me alegra que lo disfrutes. La receta es sencilla, solo lleva un montón de verduras frescas de mi jardín. Sé que debéis estar hambrientos después de un viaje tan largo. No recibo muchas visitas en el otoño, así que para variar, es agradable cocinar para alguien más".

"¿Cómo lo haces... en tu estado?", preguntó Tallin con delicadeza, refiriéndose a las discapacidades de Chua.

El hechicero sonrió. "Ah, no es tan difícil, realmente. Starclaw me ayuda con todo. Uno aprende a cuidar de sí mismo, supongo". Pese a la venda que cubría sus dañados ojos, Chua parecía observar el fuego.

Tras una breve pausa, continuó. "La vida está llena de dificultades, pero también de experiencias placenteras. Este es el tipo de existencia que mejor me va, creo. He disfrutado mi vida, aunque también haya tenido muchas aflicciones". Se inclinó y palmeó el costado de Starclaw. "Sopesándolo todo, no cambiaría lo que he aprendido por nada".

Mugla lo miró con curiosidad. "¿Por qué te has puesto tan serio de pronto? ¡Tu vida aún no ha terminado, amigo! Te quedan muchos años buenos por delante, ¿y quién sabe? ¡Quizá incluso me sobrevivas!"

Riendo suavemente, Chua respondió: "Sí... quizá".

Mugla terminó su comida y limpió el cuenco en un cubo de agua que había junto a la hoguera. Tendido cerca de ella, Duskeye ya estaba roncando. Tallin se dirigió a su amigo hechicero. "¿Y cómo te ha ido, Chua? ¿Qué ha pasado desde la última vez que estuvimos aquí?"

Chua sacó una fina pipa de su toga antes de contestar. "No mucho, todo ha estado tranquilo. Envié a Pinda y Marron a Ironport hace unos días en una barcaza que alquilamos. Me ayudaron aquí por un tiempo, pero ahora están bajo la protección de la Red de las Sombras. Han venido algunos visitantes en busca de lecturas, pero nada más. Nuestros días han sido muy tranquilos".

Chua llenó la pipa de tabaco y la encendió susurrando un conjuro. Luego le dio una calada y soltó un anillo de humo, que quedó serpenteando por el aire.

"¿Y qué tenéis planeado para mañana Tallin?" preguntó Mugla.

"Iremos al nido", respondió Tallin. "Duskeye y yo hemos vuelto para custodiar los huevos de dragón. No pienso abandonar esta zona hasta que hayan eclosionado".

"Ah, sí", dijo Chua, dando otra larga calada a la pipa. "El nido. ¿Cómo van los huevos de Shesha?"

Tallin se encogió de hombros. "Aún tienen que salir del cascarón, pero... no hay problemas. Aún no, por lo menos".

"Me alegro de que estéis aquí para protegerlos", dijo Chua con cierta seriedad. "Circulan por ahí rumores acerca de los orcos".

"¿Qué clase de rumores?", preguntó Tallin.

Chua se encogió de hombros. "Se habla de que los orcos van a atacar el Monte Velik. Los pieles verdes llevan meses actuando agresivamente fuera de su territorio, y por lo que cuentan ha habido nuevas hostilidades. Su número ha crecido, y tienen un líder muy astuto, el Rey Nar".

Mugla se echó su chal sobre los hombros. "¡Sucios pieles verdes!"

"He tratado de ver lo que depara el futuro sobre esto, pero aún es demasiado difuso". Chua se enderezó, dando golpecitos a su pipa para despegar algo de tabaco húmedo. "Esperemos que los orcos decidan quedarse en el Monte Heldeofol, donde deben estar". Tras decir esto, se desplazó hasta una pila de mantas que había cerca. "Tengo almohadas y unas mantas muy cálidas para los dos. Los rescoldos del fuego os mantendrán calientes esta noche. Podéis quedaros tanto tiempo como queráis".

Mugla se levantó y fue hasta las almohadas y mantas, acercándole una de ellas a Tallin antes de tomar las suyas. Envolviéndose en su manta y acomodándose junto al fuego, vio a Chua acurrucarse al lado de Starclaw.

"Estoy cansado, y ya es tarde", dijo Tallin, estirándose y tumbándose en el suelo. Ya estaba medio dormido.

Mugla bostezó. El calor la envolvía, y sus párpados también empezaron a cerrarse. "Ya he tenido bastante charla por hoy, intentemos descansar".

Después de unos momentos, se volvió para mirar a su sobrino. Tallin ya estaba dormido y roncaba suavemente.

"¿Tendrás algo de tiempo mañana para mí?", le dijo a Chua en un susurro. "Me gustaría tener una lectura privada si no tienes inconveniente".

"No hay problema", respondió él suavemente. "Starclaw me lleva al bosque al amanecer para meditar. Búscame en el arroyo, junto a los robles negros de la orilla".

Ella asintió. "Muy bien... agradezco tu ayuda". La calidez de las llamas penetró hasta sus fatigados músculos, y se quedó dormida unos minutos después.

Chua la observó unos instantes, asintiendo y apagando su pipa. "Así que ha comenzado", murmuró, tras lo cual se dejó envolver por el sueño.

2. ADIVINACIÓN

Mugla preguntó a su sobrino la mañana siguiente. "¿No vas a desayunar antes de irte? Estás delgadísimo", añadió, pellizcando el antebrazo de Tallin con aire crítico. "Temo que no estés comiendo como es debido".

Tallin se echó a reír. "¡Ayer me viste tomar tres cuencos de estofado! Además, nunca tengo mucha hambre por la mañana".

"Ve con cuidado", le advirtió ella. "No bajes la guardia. Y vigila el tiempo. Los cielos están despejados ahora, pero hay nubes oscuras en la distancia. Va a llover pronto, y es mejor que no te atrape la tormenta".

"Un poco de lluvia nunca hizo daño a nadie", respondió él afablemente, pero su tía no lo encontró muy divertido.

"No te hagas el listo, jovencito", le dijo frunciendo el ceño. "No soy tan vieja y débil como para no poder enrojecerte el trasero. Esto es una cosa seria".

Tallin amagó un gesto de exasperación, pero se contuvo. "Agradezco que te preocupes tanto, pero no es necesario, de verdad. No me asusta un poco de agua, y sé cómo evitar el peligro. Llevo haciéndolo toda la vida".

Ella insistió, sin escuchar realmente su respuesta. "Anoche tuve una pesadilla, estabas atrapado en un lugar oscuro, rodeado de malas personas. Es un mal presagio. Debes ser precavido, se están fraguando problemas... lo siento en los huesos. Si piensas explorar, quédate en el Norte. Han visto extranjeros por el Sur, y no te conviene cruzarte con esos sucios cazarrecompensas".

Tallin suspiró y esbozó una media sonrisa. "No voy a ir tan lejos, solo quiero examinar el nido, eso es todo. Volveré esta misma tarde, lo prometo". Tras besar rápidamente a su tía en la mejilla, subió a lomos de Duskeye. "¡Disfruta de tu tiempo con Chua!" Instantes después, dragón y jinete ascendían por el aire.

"¡Ten cuidado!", volvió a advertirle ella mientras se despedía con la mano. Tallin le devolvió el gesto sin darse la vuelta. Cuando su silueta se perdió en el horizonte, Mugla tomó su bastón y fue en busca de Chua. Tras atravesar la pradera se dirigió al bosque, siguiendo un sendero entre los árboles. Caminaba cuidadosamente, usando su bastón para sortear los desniveles.

La arboleda formaba una sólida masa verde que se extendía hasta donde llegaba la vista. El aire matinal aún era frío, y Mugla se ajustó el chal. Un pequeño arroyo burbujeaba cerca, rebosante de unos pececillos plateados. A lo largo de la orilla crecían pequeños grupos de sauces, cuyas finas ramas rozaban el verde suelo de la pradera.

Mugla se levantó la falda, cruzó el arroyo y empezó a ascender por la otra orilla. Se detuvo un instante para inspirar profundamente, llenándose del aire del bosque. Las Montañas Elburguianas se alzaban en la distancia como gigantescos colmillos negros, con sus cimas aún cubiertas por la nieve del último invierno.

Pero pese a la belleza de aquel lugar, ya echaba de menos su hogar en las montañas. Sobre todo, extrañaba a su gente. Pero sentía que todavía necesitaba estar aquí.

Un agudo y chirriante murmullo se escuchó sobre ella, y al levantar la mirada vio a los duendes arbóreos jugando entre las ramas. Las diminutas criaturas descendieron, la rodearon durante un momento y tras decidir que no era una criatura interesante volvieron a sus jugueteos en las alturas. Mugla se sacó del pelo a un duende muy curioso y lo mandó chillando de vuelta a las ramas.

Primos lejanos de los elfos, los duendes arbóreos vivían en los árboles, alimentándose de insectos y hojas. Eran mitad hadas, mitad ninfas, caprichosos y traviesos, igual que los elfos, pero a una escala más pequeña. Había un gran número de ellos en aquellos bosques.

Los duendes eran atraídos por la magia silvestre, así que no era sorprendente que hubiera tantos en aquella arboleda sagrada. Actuaban como guardianes naturales de la zona, y tenían poderes extraños, como abrir ciertos portales. También coleccionaban objetos mágicos, robando a los mortales siempre que podían. Aunque en gran número eran peligrosos, sabían que Mugla no era una amenaza, así que la dejaron en paz.

Mientras caminaba, la enana pensaba sobre sus anteriores visitas al Sauce Venerable. Chua y ella eran viejos amigos, y se conocían desde hacía más de treinta años. Pese a su delicada salud, Chua era la única persona en que Mugla confiaba para predecir el futuro. Era un adivino magonato, y nadie poseía un don superior al suyo en todo el continente; podía ver el futuro u otear el pasado lejano.

Mugla solía visitar a Chua todos los inviernos y algunas veces en primavera. Sin embargo, debido a sus crecientes responsabilidades, las veces en que podía verlo eran cada vez más escasas. Pero este año había sido diferente; las frecuentes visitas de Tallin al nido le daban a Mugla la oportunidad de acompañarle.

Había pasado ya el mediodía cuando finalmente lo encontró, meditando serenamente bajo un roble. Starclaw descansaba a unos pasos de él, y cerca de ambos se alzaba un templete consagrado a la diosa de la tierra, donde había colocadas flores frescas y una varilla de incienso encendida, que impregnaba el aire con un dulce aroma.

Mugla se acercó a ellos lentamente. "¿Quién anda ahí?" Chua alzó su rostro sin ojos en dirección a Mugla y esta se estremeció por un instante. No llevaba puesta la venda, que había dejado en el suelo cerca de él.

Durante las Guerras de los Dragones, Chua y Starclaw habían sido capturados y después torturados sin piedad. Ver su rostro al descubierto era un impactante recordatorio del horrible sufrimiento que había soportado.

La enana tocó suavemente el hombro de su amigo, dejando su mano ahí un segundo. "Soy yo, ya estoy aquí. Perdón por interrumpir tus oraciones".

Chua tomó la venda y se la volvió a atar cuidadosamente. "Lo siento... olvidé cubrirme los ojos esta mañana, normalmente no me molesto a menos que tenga visitas. Sé que mi aspecto es terrible".

Ella negó con la cabeza. "No, tranquilo, no me importa", mintió.

"¿Quieres sentarte?", dijo él sonriendo y tendiéndole su almohadón.

"Sí, gracias", respondió ella, colocándolo en el suelo y dejándose caer sobre él.

En el ambiente flotaban el constante piar de los pájaros, las risitas y susurros de los duendes arbóreos y el rumor del arroyo cercano. Con tanto ruido, Mugla se preguntaba cómo podía Chua concentrarse para meditar.

"La noche fue fría", dijo el vidente. "¿Te calentaron lo bastante las mantas?"

Ella sonrió. "Sí, gracias, estoy acostumbrada. Las cavernas de Highport son horriblemente frías en invierno, y nunca hay bastante combustible para mantenernos calientes". Haciendo una pausa, se quedó mirando a los duendes arbóreos que zumbaban en las cercanías.

"Estos bichitos verdes *también* están por todas partes. ¡Fuera! ¡Fuera!", dijo lanzando manotazos a un duende que la estaba picoteando el oído.

Chua rio. "Sí, lo están. Sienten la magia dentro de ti, por lo que se sienten atraídos. He aprendido a ignorarlos... casi siempre, al menos".

"No me quejo, que conste. Me encanta este sitio. Me siento descansada. Quizá incluso un poquito más joven. Este lugar hace maravillas por mi espíritu".

"Eso es fantástico, querida. ¿Sabes? A veces olvido que eres enana; hace trescientos años que dejaste de ser una jovencita, así que me alegra que este sitio te rejuvenezca". Sonrió e hizo una pausa, elevando de nuevo su rostro hacia el cálido sol. "¿Quieres tu adivinación anual ahora?"

Mugla se aclaró la garganta. "Sí, necesito tu ayuda para resolver una cuestión algo... delicada relacionada con mi sobrino".

Chua se puso las manos sobre el regazo. "¿Por qué no me hablas de ello? Quizá pueda ayudarte de algún modo".

Mugla empezó a contarle. "Tallin se encuentra en peligro. Una asesina balborita lo ha atacado varias veces. Es siempre la misma mujer. Lucharon fuera de Highport hace un tiempo, pero esa no fue la primera vez, y dudo mucho que sea la última. Simplemente apareció fuera de las cavernas sin ningún aviso. No tengo ni idea de cómo dio con él, pero si yo no hubiera estado ahí, ahora estaría muerto. Al final conseguí detenerla, pero estuvo demasiado cerca. Me temo que nunca dejará de intentar matar a mi sobrino, así que necesito averiguar todo lo que pueda sobre ella".

Chua asintió. "Entiendo. Pero antes de empezar, tengo curiosidad sobre lo que ya sabes de ella. ¿Tienes alguna información sobre su pasado?"

Mugla pareció incómoda durante un momento, y luego dijo: "No mucha, me temo. Se llama Skera-Kina, y lo único que sé con seguridad es que es una asesina balborita. Y mujer, lo que es bastante inusual".

"Ya veo", dijo él. Su expresión cambió repentinamente, y preguntó: "¿Tiene la cara *completamente* tatuada... incluso el cráneo?"

Mugla hizo un movimiento animado con sus manos. "¡Sí! Lleva la cabeza afeitada, y con muchos tatuajes. Incluso tiene algunos en la lengua. Los pude ver muy claramente, porque estuvo *gritándome* todo el tiempo".

Chua frunció las cejas, concentrándose. "Los tatuajes faciales significan que su entrenamiento está completo, y que ha hecho el último voto de sangre al templo. Es una Maestra de la Sangre, el rango más alto entre los asesinos. Completar los tatuajes lleva años, y el cráneo es siempre lo último. Los sacerdotes no se molestan en cubrir completamente el cuerpo de los aprendices con marcas de protección. Es un proceso costoso y requiere mucho tiempo".

"Bueno, eso tiene sentido. De inmediato noté que era muy poderosa, aunque su técnica deja que desear. Es muy tosca, solo usa magia brutal. No tiene ninguna sutileza".

Chua se quedó pensativo e inclinó la cabeza ligeramente. "Mmm... ¿sabes? Ahora que pienso en ello, creo he oído hablar de esta mujer. Tiene una reputación terrorífica, incluso los orcos la temen. En la frontera usan su nombre para asustar a los niños. La gente dice que está poseída por una diosa iracunda".

"Bueno, esos rumores se siembran en la verdad. Es tan poderosa que entre los dos tuvimos que ahuyentarla, nunca me había cruzado con una hechicera tan fuerte. Necesité casi todo mi poder solo para escapar de ella, no hablemos ya de derrotarla".

Chua volvió a concentrarse, apretando los labios. "¿Tiene algún familiar?"

Aquella pregunta dejó a Mugla sin habla. Tenía un nudo en el estómago. *¿Debería decirle la verdad?* Luego suspiró, resignada. *Es inútil tratar de ocultarlo, al menos a él. Más vale que le cuente todo.* Vaciló durante un momento, se aclaró la garganta y tomó aire. Volvió a hablar, en un susurro. "Durante la batalla descubrí... que Skera-Kina *puede* ser pariente mía. Por supuesto, no tengo ninguna prueba definitiva de ello".

La cara de Chua no reflejó ninguna sorpresa. "Ya veo. Eso explica por qué esperaste a que Tallin se fuera antes de buscarme. Cuéntame, ¿cómo descubriste esa información?"

Mugla suspiró. "Cuando nos enfrentamos, Skera-Kina llevaba una espada mágica fabricada por mí misma. Le hice un encantamiento de protección hace eones como medida de seguridad, para evitar que cayera en manos equivocadas, pero la había olvidado por completo. Lo particular del hechizo es que solo los de mi propia sangre pueden tocar el arma con la piel desnuda, y resulta que tanto Skera-Kina como Tallin la tocaron sin sufrir daños. Obviamente, fue una sorpresa enorme. Aun ahora me cuesta creer que sea cierto".

"A veces los encantamientos sobre objetos cambian con el tiempo, no son una forma precisa de magia. ¿Estás totalmente segura de que Skera-Kina es pariente tuya?"

Mugla se retorció las manos. "Ya pensé en esa posibilidad, pero soy *realmente buena* encantando armas. No sé de ninguna que haya fallado". Suspiró. "Pero quizá tengas razón. Supongo que en realidad no estoy segura de nada".

"Probemos otra vía. Describe su apariencia, aparte de los tatuajes, quiero decir. ¿Sus rasgos te resultaban familiares, como si pudierais estar emparentadas?"

Mugla negó con la cabeza. "No, no vi ningún parecido. No es alta pero tampoco baja, no parece una enana. Di por hecho que era humana, tal vez con un poco de sangre mezclada. Esas runas tatuadas le cubren toda la cara, así que no pude imaginar qué aspecto tenía bajo todas esas marcas. Para ser sincera, solo estaba intentando evitar que nos matara, escapamos vivos de milagro".

"¿Qué ha pasado con esa espada encantada? ¿Dónde está ahora?"

"Es la *Espada de Sedaria*. La tiene Tallin, se la di como regalo. Sabe que es un arma encantada... pero no la naturaleza exacta del encantamiento. No le he contado toda la verdad". La última frase salió de forma vacilante.

Chua se quedó en silencio. Tras pensar un poco, dijo: "Tengo una solución para ti. Un *hechizo de estirpe* debería funcionar, puedo usarlo para descubrir tu parentesco con esta mujer, si es que lo hay. Es un conjuro fácil para alguien que posea la Visión, y también bastante preciso. Pero para llevarlo a cabo, debo tener un objeto que Skera-Kina haya tocado, algo que contenga su energía. ¿Por casualidad tienes alguna cosa que nos sirva aparte de la espada?"

Mugla metió la mano en su delantal y sacó un fragmento de cuero chamuscado, de un tamaño similar a su pulgar. "Cuando Skera-Kina se fue, salí al exterior de la montaña y encontré esto". Se lo entregó a Chua. "Estaba en el suelo, por la zona donde luchamos. Sé que es suyo. Esperaba que pudiera servirte de algo".

Chua frotó el cuero entre los dedos y lo olió. "Percibo residuos mágicos". Volvió a inspirar y arrugó la nariz. "Y carne quemada. Esto estuvo empapado de sangre, puedo olerlo".

"Tienes razón, todavía estaba ensangrentado cuando lo recogí".

Chua arqueó las cejas. "¿Qué hechizo usaste para contenerla?"

"La atrapé usando un conjuro muy antiguo, *el fuego paralizador*. El contrahechizo es muy sencillo, pero no hay ni una docena de magos que lo conozcan, ya apenas se usa. Para ser sincera, me la jugué a que no lo conociera, y por suerte para mí gané la apuesta".

"Nunca había oído que se utilizara el fuego paralizador en batalla. ¿No se usa principalmente para retener prisioneros y cosas así?"

Mugla asintió. "Sí, tan solo contiene al enemigo. Una vez lo atrapas en el círculo de llamas, no puede ir a ningún lado. El hechizo no está realmente diseñado para ser defensivo, pero ese es también el motivo por el que funcionó con ella, lo escogí a propósito. El fuego paralizador permite a un mago más débil atrapar a uno más fuerte, puede incapacitar incluso a los magonatos más poderosos. Probó muchos contra-hechizos, pero ninguno funcionó. Los balboritas no se molestaron en enseñarles a sus aprendices un hechizo pasivo como ese".

"Trató de romper el círculo de llamas", se dijo Chua a sí mismo. "Eso explicaría la sangre".

"Ajá, vuelves a acertar. Puso a prueba los límites de mi círculo varias veces, y todas ellas se quemó gravemente. El dolor debió ser terrible, pero lo seguía intentando de todos modos. Pude oler su carne quemada cuando huíamos de ella. Nunca paró de combatir, y cada vez que intentaba romper el círculo me sentía más débil. Romper un círculo de fuego desde el interior precisa de un poder enorme. Finalmente escapó, porque simplemente no pude mantener el hechizo más tiempo. En todo momento permaneció desafiante, sin mostrar rastro de miedo. Una alianza de magos no podría contener a esa mujer durante mucho tiempo".

"Interesante", dijo Chua mientras frotaba el cuero entre los dedos. "Este objeto bastará, pero te lo advierto; no es un objeto cotidiano, como un zapato o una joya. Tiene sangre y residuos de batalla, así que contiene una buena cantidad de energía negativa. En consecuencia, eso afectará al encantamiento negativamente. Al realizar este tipo de hechizo entran en juego muchos factores, y el objeto en sí es muy importante. Puede que veas..." se detuvo, buscando las palabras adecuadas. "...cosas desagradables. También debes entender que un hechizo de estirpe solo proporciona una visión del pasado, de lo que ya ha ocurrido. No podrás cambiar nada de lo que veas. Si el conjuro es exitoso, prepárate para afrontar las consecuencias. Te revelará información sobre tus seres queridos, y lo que descubras puede no ser bueno. Hay muchos caminos hacia la verdad, pero casi nunca son sencillos".

Mugla se llevó la mano al rostro, apartando un mechón de pelo que le cubría los ojos. "Lo entiendo. Quiero saber la verdad, sea bueno o malo".

Chua volvió a callar unos instantes. "Como desees. Solo dame un momento para reunir fuerzas".

Mugla se acercó y le dijo "gracias" en voz baja.

3. UN DOLOROSO PASADO

Chua inclinó la cabeza hacia atrás y suspiró. Alzando las manos, agitó los dedos para tocar su resplandeciente piedra de dragón. Starclaw sintió la atracción del hechizo y se acercó lentamente a su jinete, tocándole un hombro con el hocico. La piedra que tenía en la base del cuello empezó también a brillar. Una vez que los poderes de ambos se fundieron, Chua comenzó a susurrar un cántico: *"Lita-Hlita, Lita-Hlita..."*

A continuación levantó su manta, descubriendo un trozo desnudo de tierra. Pronunciando palabras en la antigua lengua, dibujó un círculo en el barro y escupió en el centro del mismo. Una lengua de fuego surgió de él, y el aire centelleó. Después el círculo emitió una voluta de humo maloliente, y Chua añadió un puñado de ramitas y hierba seca, haciendo surgir más humo.

"Ahora dame tu mano", dijo el vidente.

Mugla estiró el brazo y sintió un fuerte pinchazo en el dedo. Una gota de sangre apareció en la punta de

KRISTIAN ALVA

su índice y cayó al centro del círculo.

"Eso es suficiente. El hechizo ha comenzado", dijo con voz áspera.

Mugla se sentó en su almohada y esperó.

Chua se enderezó y se aclaró la garganta. Estaba lisiado e incapaz de moverse con facilidad, no obstante, se las arregló para lucir imponente. "Estoy ciego, pero puedo ver las imágenes con el ojo de mi mente. La visión que tendrás ante ti provendrá de mi piedra de dragón. Juntos contemplaremos el pasado. Esperemos que encuentres la verdad que buscas".

Tres figuras se materializaron gradualmente en el fuego que serpenteaba entre ellos. No había sonido ni olor, solo una escena de hace mucho tiempo. Mugla abrió los ojos vivamente. Reconocía las cavernas de los enanos en el Monte Velik. La visión mostraba sus antiguos aposentos de comadrona.

En el interior de una cueva tenuemente iluminada se llevaba a cabo un parto. Una mujer enana se hallaba tendida sobre unas pieles, con la ropa cubierta de sangre y la cabeza inclinada lánguidamente por el agotamiento.

Había un varón humano en una esquina de la estancia, y en el centro de todo estaba Mugla, sosteniendo a un rosado y vociferante bebé. La hechicera tenía un aspecto más joven, con menos arrugas y la espalda menos encorvada.

"¿Reconoces a las personas de esta visión?", susurró Chua.

"Sí... a todos. La mujer enana es mi hermana, Tildara. Era la madre de Tallin".

"¿Y el humano de la esquina? ¿Quién es?"

"Mi cuñado, Audun. Es el padre de Tallin. Sus padres eran de razas distintas".

Chua asintió. "Sí, sabía que es mestizo. Sus dos padres están muertos ahora, ¿no es así?"

Mugla asintió. "Sí. Audun y Tildara murieron durante la guerra. A Tallin no le gusta hablar de ello, y trato de respetarlo". Volvió a fijar los ojos en la humeante visión, donde su versión más joven alzó al bebé, que seguía llorando, y le ató rápidamente el cordón umbilical, llevándolo después hasta una cesta de mimbre cercana a la puerta.

El padre miró al bebé y empezó a sollozar, cubriéndose el rostro con las manos. Miraba hacia Tildara y sacudía la cabeza con aire compungido. La madre empezó a llorar también.

"Ese bebé era una niña", dijo Chua suavemente.

"Sí", dijo Mugla compungida. "Yo atendí el parto. Ese bebé era... mi sobrina". Esas últimas palabras se le atragantaron, como si le doliera admitirlo.

La maga notó una angustia brotándole en el pecho. Sabía lo que iba a ocurrir. Sintió un escalofrío por todo el cuerpo, acompañado de un terrible recuerdo. ¡Oh, cuánto había intentado olvidar aquel fatídico día! ¡En cuántas tristes ocasiones había tratado de borrarlo de su memoria! No quería revivir aquel horrible momento.

Mugla cerró fuertemente los ojos por unos instantes, pero tenía que verlo. Necesitaba saber la verdad, incluso si era tan terrible como empezaba a sospechar. Lenta, renuentemente, reabrió los ojos y esperó a que las imágenes continuaran.

El humo se agitó un poco y la escena se reanudó. Ahora el padre del bebé estaba de pie junto a Tildara, con los brazos temblando. Después empezó a pasear de un lado a otro, sacudiendo los brazos y gritando a su mujer. Tildara estaba hecha un ovillo en el suelo, meciéndose adelante y atrás. Mugla permanecía en silencio en un rincón, limpiando al bebé con un paño húmedo. Haciendo todo lo posible por ignorar los gritos, envolvió a la niña en una pequeña manta y se la ofreció a la madre.

Negando con la cabeza y llorando, Tildara se negó a tocar el bebé. Había un profundo dolor reflejado en sus ojos. El padre seguía gritando, sin importarle la angustia de su mujer. En la visión, Mugla frunció el ceño y dejó la estancia, llevándose a la niña con ella.

Ahora se le veía caminando por la montaña, con una expresión indescifrable. Continuó su marcha hasta llegar a las puertas que llevaban al exterior, y allí se detuvo, ordenando a los guardias que abrieran las puertas. Estos la miraron con aire confundido, pero accedieron a su petición. Después de todo, era una hechicera entre los enanos; no muchos se atrevían a cuestionarla.

Para entonces el bebé ya se había calmado. Mugla salió al exterior y esperó a que las puertas se cerraran. Limpiándose unas lágrimas de la cara, intentó sonreír a la niña, que trataba de tocarle el rostro abriendo y cerrando su manita. La enana la besó en la frente. Luego se llevó dos dedos a la boca y dio un fuerte silbido. Al principio no hubo respuesta, así que volvió a silbar. Instantes después, una carreta pintada en vivos colores se hizo visible en la distancia.

La carreta se detuvo al llegar donde estaba Mugla. Una mujer joven, ataviada con una colorida falda, se bajó de la misma, sonrió ampliamente a Mugla y le dio un rápido abrazo. La enana le devolvió la sonrisa y le entregó al bebé recién nacido. La gitana hizo cosquillas en la barbilla a la pequeña, y esta rio. En la parte trasera de la carreta había varios niños, de distintas edades y tonos de piel. Algunos se bajaron y observaron al bebé con inocente curiosidad.

Chua tosió, y la visión se desvaneció por un momento. Su respiración era trabajosa. "Lo siento, tengo que descansar un momento. Esta es una adivinación más larga que de costumbre". Una vez volvió a respirar normalmente, dijo: "He visto que le diste el bebé a otra familia. ¿Cuál fue el motivo?"

Mugla hundió los hombros, como si todo su cuerpo estuviera siendo lastrado por un gran peso. "Tildara quedó embarazada durante la guerra... pero el padre del bebé no era su marido. Mi sobrina fue fruto de una violación. Resultó obvio tan pronto como puse los ojos en esa niña. Tildara estaba increíblemente alterada. Yo entendía su situación, así que le di la pequeña a aquella familia para que la criaran. Creí que estaba haciendo lo correcto". Mugla empezó a llorar. "He cometido muchos errores en mi vida, pero quizá aquel fue el mayor de todos".

"Esto es doloroso para ti", dijo Chua comprensivamente, poniéndole una mano en el hombro. Sus palabras no contenían ningún reproche oculto. "¿Deseas parar?"

Ella se retorció las manos. "No. No puedo parar ahora. Debo saber lo que pasó con ese bebé".

Chua asintió y volvió a alzar las manos. La visión regresó, algo más vacilante y borrosa. El suelo relucía, cubierto por una fina capa de nieve. Era de noche, y la carreta gitana de antes se había detenido para acampar. Los miembros de la familia preparaban unas hogueras y se acurrucaban juntos, calentándose las manos sobre las chasqueantes llamas. Hablaban, reían y todos parecían felices. Entonces todo el grupo se dio la vuelta repentinamente, con expresiones de alarma en sus rostros.

Unos hombres a caballo cruzaron el campamento al galope, volcando los cajones y enseres de los gitanos. Eran docenas de jinetes armados, en cuyas fisonomías destacaban unos tatuajes azules que les rodeaban el cuello y las muñecas. Moviéndose en círculos, acorralaron a los desdichados viajeros en un solo punto, mientras les gritaban que se rindieran.

Eran extranjeros, cazarrecompensas despiadados que cobraban por conseguir esclavos y atrapar fugitivos. Los gitanos se defendían usando picos y palas, pero eran demasiado inferiores en número, y los extranjeros no tardaron en reducir a todo el grupo. La caravana fue saqueada, y todos sus integrantes hechos prisioneros.

La escena cambió de nuevo. Ahora había más nieve en el suelo, y el cielo estaba completamente despejado. Los desdichados cautivos se encontraban de pie en una costa rocosa, temblando en medio del gélido viento. A los prisioneros varones los habían atado y amordazado. Las mujeres y los niños se encontraban cerca, apiñados junto a la pared de un acantilado. Muchos lloraban abiertamente, con abundantes lágrimas corriéndoles por las mejillas.

Allí, en el centro del grupo, estaba la sobrina de Mugla, ahora de varios meses de edad, sostenida por una joven sollozante. La muchacha agarraba al bebé con una mano y le acariciaba la cabeza con la otra. El conocido esclavista norteño, Druknor Theoric, caminaba de un lado a otro de la fila, examinando a los cautivos como a animales listos para la matanza.

Con su cabello de intenso color negro y sus musculosos brazos, Druknor poseía un atractivo salvaje. Se detuvo frente a un adolescente con la cara amoratada, y el muchacho se atrevió a escupirle. Druknor se limpió el escupitajo y rio. Levantando su grueso puño, le asestó un puñetazo en la cabeza al joven, que se desplomó inconsciente en el suelo.

El esclavista gritó una orden a sus hombres, que bajaron de los caballos y agruparon a todos los cautivos. A punta de espada fueron llevados hacia un barco de esclavos que aguardaba en la orilla. Los prisioneros fueron encerrados en la bodega y la nave partió, desapareciendo en el horizonte.

Chua cayó hacia atrás, jadeando. La visión empezó a temblar, y el humo se disipó. Había terminado. "Eso es todo lo que hay... el hechizo ha completado su curso", dijo con la voz entrecortada. Pasados unos instantes se incorporó, recuperándose lentamente del esfuerzo. Parecía extenuado.

"¿Has descubierto todo lo que necesitabas? Sé que es difícil de aceptar, pero pese a ello es la verdad".

Mugla no podía hablar, era todo demasiado terrible para creerlo. Su sobrina, su propia carne y sangre, había sido tomada por esclavistas. Y en parte fue culpa suya. Negando con la cabeza, luchaba por contener el río de lágrimas que estaba formándose tras sus ojos.

Chua la miró compasivamente. "Entendí algo de lo que vi, pero algunas de las imágenes no tenían sentido. ¿Quieres que hablemos sobre ello? Quizá te haga sentir mejor".

Mugla se frotó los ojos y suspiró. Los rayos del sol caían sobre ella, formando sombras veteadas en su espalda. Pero pese a lo caluroso del día, se sentía helada por dentro. Era una gelidez emocional. Finalmente habló. "La verdad es peor de lo que *nunca* podría haber imaginado".

"Es algo que suele ocurrir en estos casos. Nadie quiere creer lo que le hace daño", comentó Chua.

Mugla inclinó la cabeza, avergonzada. "Esa pobre bebé, mi sobrina, fue fruto de un asalto ocurrido durante la guerra. El Monte Velik había sido invadido, y los elfos se ofrecieron a ayudarnos en la lucha. Los elfos... bueno, ya sabes cómo son".

El viejo adivino asintió gravemente. "Ah, ya veo hacia dónde va esto. Es una historia frecuente, ¿verdad? Cuando los elfos se involucran con los humanos, suele ser un problema".

"Sí... así fue como ocurrió. Mi hermana fue engañada por una ilusión élfica. Como he dicho, vinieron al Monte Velik a ayudarnos. Hubiéramos perdido la montaña sin su ayuda. Lucharon valientemente y salvaron muchas vidas, pero como sabes, la ayuda de los elfos siempre tiene un precio, y bastante alto por cierto. Siempre que la lucha se apaciguaba, los elfos empezaban a aburrirse. Y un elfo aburrido es un elfo peligroso. Les encanta manipular a los seres mortales, y Tildara sufrió grandemente por ello".

Chua exhaló un suspiro de comprensión. "Es un problema frecuente. Los elfos practican todo tipo de astucias, y no solo cuando se encaprichan de un mortal. Yo he tenido mis propios problemas con ellos. Los duendes que protegen el Sauce Venerable son espías de la reina elfa, Xiilthara. Tengo muy poca privacidad aquí, pero he aprendido a aceptar la situación. ¿Qué más puedo hacer? Realmente no hay nada que pueda hacerse respecto a ello ni a nada que los involucre. Los elfos no están atados por las leyes mortales, hacen lo que se les antoja".

Mugla clavó la mirada en el suelo. "Es una lección que mi familia aprendió demasiado tarde. En aquel entonces le advertí a mi hermana que tuviera cuidado, pero nunca esperé que algo así pudiera pasar. ¡Tildara era una mujer casada! Pero ni siquiera eso los detenía, los elfos la acosaban constantemente. Mi hermana era bella e inteligente, con unos indómitos rizos rojos y bonitos ojos azules. ¡Pero su belleza era una maldición!" Sacó un pañuelo y se secó las lágrimas.

Unos instantes después continuó la historia. "Tildara no era como yo, tenía un carácter muy tímido, así que su aspecto no le trajo más que desgracias. Los continuos rechazos hacia los elfos los atrajo aún más. Nuestro rey, Hergung, conocía el problema. Varias mujeres se habían quejado de un acoso similar, pero siempre lo dejaba correr; necesitábamos desesperadamente a sus arqueros y sanadores, así que el problema fue ignorado. Unos meses después, uno de los elfos usó una ilusión para meterse en la cama de mi hermana. El encantamiento era muy convincente, ella nunca sospechó que no era su marido quién yacía junto a ella. No fue hasta el día siguiente, cuando entró en la despensa, que descubrió el engaño. En el suelo, drogado e inconsciente, estaba su verdadero marido. Gritó pidiendo ayuda. El elfo seguía en su cama, aún oculto por su disfraz. Nunca deshizo su ilusión élfica, ni siquiera cuando salió huyendo, por lo que nadie supo nunca su verdadera identidad".

"¿Qué pasó después de que se descubriera la violación? ¿Tu hermana informó al rey?"

"¡Pues claro que sí! Todo nuestro clan protestó. Pero por supuesto, ninguno de los elfos confesó. ¿Por qué iban a hacerlo? ¡Actuaban como si todo hubiera sido una gran broma! Se negaron a dar el nombre del responsable del asalto, y tras este último incidente el rey por fin los expulsó a todos de la montaña, pero el daño ya estaba hecho. Mi hermana estaba embarazada. Hergung elevó una queja formal a la reina elfa, pero no logró nada, ni siquiera una disculpa".

"¿Así que tu hermana decidió continuar con el embarazo?"

"Sí y no. Estaba traumatizada... indecisa sobre lo

que hacer. Le ofrecí una poción para interrumpir el embarazo, pero decidió tenerlo. Existía una posibilidad de que fuera de su marido, y no quería arriesgarse a perderlo si era suyo". Mugla suspiró y cerró los ojos. "Por desgracia... como viste en la visión... el bebé no era de Audun".

"¿No había dudas al respecto? ¿Estabas totalmente segura?" Su voz reflejaba curiosidad y preocupación.

Mugla dio un sollozo, enjugándose nuevas lágrimas. "Sí, era muy obvio. La bebé era elfa mestiza, había una belleza sobrenatural en su rostro. Es un emparejamiento raro, enano con elfo, pero he visto suficientes bebés en mi vida para saber la diferencia".

"Es una combinación poco frecuente. Solo he conocido uno en la vida. Los enanos élficos tienen un aspecto único, pero es difícil adivinar sus orígenes a menos que uno sepa lo que busca. Parecen casi humanos". Chua tocó el suelo con su mano y continuó. "Suelen ser criaturas muy bellas: los elfos son altos y delgados, y los enanos bajos y fornidos. Esos rasgos se anulan mutuamente, y algunas veces dan como resultado un hermoso niño".

"Lo sé", respondió Mugla con una sonrisa nostálgica asomando en sus labios. "Mi tatarabuela era también una elfa mestiza, y fue realmente bella en su juventud. Su sangre élfica es la razón de mis poderes magonatos, y probablemente el motivo de que aún esté tan activa a mi edad".

"Volvamos a la historia", dijo Chua palmeándole suavemente la mano. "Una vez tu hermana confirmó que el bebé era mitad elfo, decidió darlo en adopción,

¿correcto?"

"Sí. Se negaba a tocar a la niña, no quería ni mirarla. Han pasado muchos años, pero aún me resulta doloroso pensar en ello. Mi hermana pasó todo el embarazo en estado de negación, nunca se enfrentó a lo que le había ocurrido. Simplemente siguió creyendo que el niño era de su marido, y para ser honesta, él quería creerlo también. Ninguno de los dos era bueno afrontando la realidad. En esa época mi clan conocía a una familia de comerciantes gitanos, la madre era una mujer estéril que adoptaba muchos niños. Y era una buena madre, alguien en quien podía confiar. Cuando me enteré de que habían acampado junto a la montaña justo el día del parto, me dije a mí misma que era el destino. Tras consultarlo con Tildara, les di el bebé a ellos. Lo que ocurriera después no fue su culpa".

"¿Qué pasó con tu hermana después de que entregaras a la niña?"

"Se odiaba a sí misma, cayó en una terrible depresión", respondió Mugla llena de melancolía. "Estuvo llorando durante meses, en parte por el bebé, en parte por la ira de su marido. Por supuesto, no era culpa de ella, pero Audun estaba colérico por la afrenta del elfo, y más aún por la tibia reacción del rey. Quería declararle la guerra a los elfos, pelear con cada uno de ellos. Hergung sabía que no se podía permitir tal cosa, así que todo el mundo trató de seguir con sus vidas. Pero Audun no pensaba dejarlo correr sin más, estaba demasiado enfadado. Hablaba de venganza constantemente. Por ello, él y Tildara empezaron a discutir, y su relación se fue deteriorando. La tensión acabó siendo insoportable para ella". Mugla vaciló un instante. "Entonces... un día, tras otra pelea con su marido, mi pobre hermana se quitó la vida".

Chua negó con la cabeza. "Lamento oír eso. ¿Y Audun? ¿Qué fue de él?"

"Se volvió absolutamente *loco*, la furia lo consumió por completo. Ya odiaba a los elfos, a quienes culpaba de lo ocurrido, pero se volvió mucho peor. Quería matarlos a todos. La guerra estaba terminando, pero aún había escaramuzas aquí y allá. Empezó a lanzarse en medio de las batallas, poniéndose en constante peligro. Quería morir. Pero curiosamente, no fue una misión peligrosa lo que lo mató. Un día, meses después de la muerte de mi hermana, se encontraba en la ciudad de Ironport y empezó una reyerta en la calle con un elfo. Lo apuñaló a plena luz del día, pero el otro le devolvió la estocada y murió. El elfo alegó autodefensa, y había muchos testigos, así que lo declararon inocente. Como Audun había combatido en la guerra, se había ganado el derecho a ser inhumado en el Monte Velik. Lo enterramos al lado de mi hermana, y así acabó todo. Los miembros del clan solo querían olvidar lo ocurrido".

"¿Llegaste a descubrir quién era el padre?"

Hubo una pausa. La voz de Mugla se tornó ronca. "No, nunca lo supimos. Tildara estaba muerta, y su marido también, así que no volvió a investigarse el incidente. Nadie quería hacer reclamaciones a la reina elfa".

"¿Tallin sabe la verdad?"

Mugla negó con la cabeza, muy afligida. "No, era

muy pequeño, no se acuerda de aquello. Más tarde le conté que sus padres habían muerto durante la guerra, pero nada más. Quería evitarle la parte más amarga. Solo unas cuantas personas saben toda la historia. Después de todo lo que pasó, yo misma apenas podía soportar la pena. Perder a mi hermana fue tan difícil para mí..." Una solitaria lágrima corrió por su arrugada mejilla.

Chua guardaba silencio, parecía perdido en sus pensamientos. Cuando volvió a hablar, su voz era suave y sin reproche. "Así que Skera-Kina es mestiza, y es tu sobrina".

"Sí, ¡pero creía que era humana, lo juro! La posibilidad de que fuera pariente mía nunca se me ocurrió, especialmente mientras luchábamos a vida o muerte. Pero ahora que sé la verdad, me doy cuenta de que se parece un poco a mi hermana... hay una semejanza en los ojos y la mandíbula... nunca hubiera adivinado esa conexión".

"Skera-Kina atacó el Monte Velik hace algunos años. ¿Hubo alguien que mencionara algo, por ejemplo, que le recordaba a algún pariente tuyo? A veces un extraño puede ver parecidos que se escapan a los miembros de la familia".

"No, ni una palabra, ni siquiera de pasada. Si alguien vio un parecido, no me lo mencionó. Los elfos incluso pelearon con ella algunas veces, pero tampoco mencionaron nada".

Chua frunció el ceño. "Sí... ellos sin duda lo habrían sabido. Siempre pueden reconocer a los suyos, incluso a los de sangre mixta. Probablemente sea el motivo por el que no acabaron con ella cuando tuvieron la oportunidad. Los elfos son reacios a matar a nadie que comparta su sangre, sin importar lo que haya hecho".

"Pero no tenían derecho a guardar ese secreto, ¡era algo vital para nosotros!", gritó Mugla. "Si ellos sabían quién era ella debieron habernos dicho la verdad".

"Tienes razón, deberían haberos dicho algo", replicó Chua con calma. "Pero esa información era potencialmente peligrosa para ellos. Eres una hechicera competente, y sientes curiosidad por las cosas. Si hubieras sabido que Skera-Kina era tu sobrina, con unos cuantos pasos extra habrías descubierto quién era su verdadero padre... y el asaltante de tu hermana. Hay muchos hechizos que sirven para revelar la parentela, tú lo sabes bien".

Mugla solo pudo asentir. Estaba demasiado desbordada por la emoción para confiar en su voz. En la distancia, un lobo aulló, haciéndola estremecerse. Era un mal augurio, que desearía no haber escuchado. Miró al cielo. Estaba oscureciendo, y las sombras del atardecer se alargaban. Starclaw observaba en silencio a ambos magos.

Chua reflexionó durante unos instantes. "Los elfos no son realmente perversos... aunque a menudo parezcan serlo. No tienen un odio natural hacia ninguna raza, tan solo son impulsivos. No sopesan las consecuencias de sus actos. En cierta forma son como niños, o incluso como animales. Se rigen completamente por sus deseos, están sometidos a ellos. No los envidio. ¿Sabes? Skera-Kina seguramente ignore sus propios orígenes, los sacerdotes balboritas pueden no haberle dado esa información. Por ello, es probable que no entienda por qué se ve atraída hacia Tallin. Son hermanos, es natural que exista una atracción mutua. Ambos son poderosos magonatos, y eso significa que tienen un vínculo más fuerte que el de dos hermanos normales. Sus encuentros no son accidentales, seguirán produciéndose por sus lazos de sangre".

"Tienes razón... lo sé, lo sé", dijo ella resignada.

Chua le dedicó una sonrisa comprensiva. "No te castigues tanto por esto. Lo hiciste lo mejor que pudiste, y las decisiones de tu hermana no estaban bajo tu control".

Contemplando el cielo, Mugla dio un profundo suspiro. Oscuras nubes se acercaban desde la distancia. "El viento se hace más fuerte. Está formándose una tormenta".

"Tienes razón, puedo olerlo en el aire. Llegará durante la noche". Chua tomó la mano de Mugla, apretándosela. "Mira... trataste de evitarle una gran pena a Tallin. Quizá querías salvaguardar el honor de tu familia, pero evitar este problema solo prolongó tu dolor. La desgracia es algo que cae sobre todo el mundo, es mejor lidiar con ella cuando ocurre. Entiendo la carga que llevas en tu corazón, pero debes contarle la verdad a Tallin. Debe saber que Skera-Kina es su hermana".

4. CAPTURA

Duskeye subía y bajaba vigorosamente por el claro cielo azul, tensando sus musculosas alas color zafiro para recoger el viento. Tallin sonreía, agarrándose fuertemente a la silla. Se sentía maravillosamente.

Se dirigían hacia un pequeño acantilado en el límite del bosque. A medida que se acercaban, una cueva solitaria se dibujaba en la distancia, con su estrecha entrada chamuscada y llena de marcas de garras. Duskeye voló hacia ella. Cuando aterrizaron, Tallin saltó de la silla con emoción.

"Es genial estar de vuelta", dijo, con los ojos pegados a la entrada. Parándose a corta distancia de la misma, esperaron a que la dragona se despertara de su siesta.

Pronto escucharon a alguien escarbar en el interior de la cueva. Tallin se alejó, agachándose tras una gran piedra redondeada. Los dragones deseaban algo de privacidad, y aunque se moría por ver los huevos, no quería incomodar a Shesha. Ella nunca lo había aceptado y apenas toleraba su presencia. No es que él la culpara. Odiaba a los humanos y tenía todas las razones para hacerlo.

La dragona salió perezosamente al exterior y bostezó antes de acercarse a Duskeye. Al llegar hasta él, ronroneó y le rozó el cuello con el hocico. Ambos dragones empezaron a hablar en voz baja.

Tallin captó fragmentos de la conversación, pero la mayoría de lo que decían no podía escucharse por encima de la brisa. Asomándose entre unas ramas, pudo ver a Shesha olisquear el aire antes de mirar en su dirección.

La dragona emitió un gruñido gutural. *"Puedo oler al humano. Tu jinete está aquí"*.

"Sí, está aquí", admitió Duskeye, algo azorado. *"Vinimos juntos"*.

"¡Hmmf!", resopló ella. *"¿Por qué pasas tanto tiempo con esa criatura de carne? ¿Qué significa para ti?"*

"Es mi jinete y mi compañero", explicó él. *"Te lo he dicho antes. ¿Ves mi piedra de dragón? ¿Te has fijado en cómo está tallada? Tallin lleva la otra mitad en su pecho, estamos vinculados hasta la muerte. No te hará daño a ti ni a tu nido, te lo juro por mi vida. Ambos tenemos el mismo propósito, que es proteger tus huevos"*.

Shesha frunció los ojos. Era obvio que haría falta más para convencerla. *"Me voy a cazar"*, dijo con aspereza.

Duskeye parecía aliviado. No quería tener otra discusión sobre los humanos. *"Vuela hacia el Este, allí encontrarás caza. He visto una bandada de gansos cerca del dique de los castores, parecían gordos y apetitosos"*.

"¿Te gustaría... acompañarme?", dijo ella, aleteando los párpados.

"Me encantaría ir contigo, pero prefiero quedarme aquí y vigilar el nido. Nuestro trabajo más importante es proteger los huevos".

La hembra arrastró los pies y asintió. *"Entiendo",* dijo mansamente. *"Agradezco tu ayuda, e incluso la que intenta prestar tu ser de carne, aunque sea molesto".*

Siguieron susurrando unos instantes más, y luego Shesha desplegó las alas para ir a buscar su desayuno. Tallin se enderezó, se frotó la espalda y fue al encuentro de Duskeye. "¿Cómo se encuentra?"

El dragón se encogió de hombros. *"Más o menos igual, supongo. Está nerviosa, pero no más de lo normal. Los huevos no están listos para eclosionar aún. Aquí hace más frío que en el desierto, así que les llevará más tiempo".*

"Nos aseguraremos de que los polluelos sobrevivan, te lo juro". Nada era más importante para él. Desde la primera vez que vio el nido, no podía soportar dejarlo desprotegido. Deseaba quedarse junto a los huevos y protegerlos él mismo, pero sabía que eso irritaría a Shesha.

Se asomó al interior de la cueva para darles un vistazo. Estaba fascinado por ellos, y anhelaba tocar sus suaves cáscaras, pero no se atrevía. La hembra jamás lo consentiría, y por eso siempre se mantenía a distancia. Tallin solo tenía permitido entrar a la cueva cuando Duskeye estaba presente.

A Shesha le asustaban mortalmente los humanos. Era una situación ya delicada de por sí, y el jinete no sabía cuántas más interferencias toleraría la dragona, así que hacía lo posible por mantenerse fuera de su vista.

La preocupación tan solo hacía empeorar sus ansias; era terrible y emocionante al mismo tiempo. No veía el momento de que los huevos eclosionaran, y cada nuevo día de espera se alzaba ante él como un vasto océano que tuviera que cruzar. Pero pese a sus miedos, se sentía esperanzado. Esta puesta de huevos era la primera que había visto en décadas, el primer paso para rescatar a unos dragones al borde de la extinción.

Sin duda era un milagro, pero la situación seguía siendo muy precaria. Quedaban muy pocas hembras y había solo una pequeña posibilidad de salvar a aquella noble estirpe. Para que esto ocurriera, todos esos huevos tendrían que eclosionar y convertirse en dragones adultos. Tallin estaba absolutamente decidido a hacerlo ocurrir.

Era la primera vez en generaciones que se vislumbraba un futuro para los dragones. Unos días atrás, Tallin se había arriesgado a enviar un ave mensajera a Parthos, la ciudad del desierto donde residían los demás jinetes de dragón, informándoles de la existencia del nido. Sus compañeros le respondieron con entusiasmo, enviando mensajes felicitando a Duskeye, con algunas bromas inofensivas de propina.

Todos deseaban ir a ver el nido, pero Tallin lo desaconsejó, explicándoles que la hembra era muy asustadiza, algo que todos comprendieron. Mantuvo la localización exacta de la cueva en secreto. Considerando la situación y lo que les había ocurrido a los dragones en el pasado, sabía que el exceso de cautela no era mala idea.

El jinete volvió a examinar la caverna. El nido era enorme, una masa de hierbas, ramas y fibras blandas vagamente ordenadas en forma de disco. El interior estaba forrado con arcilla, la cual se había secado formando una capa sólida. Shesha lo había construido en un rincón de la parte más profunda de la cueva. En su interior yacían diez huevos, que emitían un arcoíris de brillantes colores. Sus lisas superficies creaban bellos reflejos incluso en aquella oscuridad.

Tallin volvió a contarlos desde lejos. Uno, dos, tres, cuatro... diez. Diez huevos. "Aún me asombro al verlos. Pero desearía que se abrieran ya. Esta larga espera está acabando con mis nervios".

"Algunos pueden eclosionar antes", respondió Duskeye. *"A menudo es así. Y cuando los primeros se abran, tendrás ocasión de interactuar con los polluelos. Los dragones tienen un hambre voraz cuando nacen, así que Shesha irá a buscar comida de inmediato. Los recién nacidos no pueden volar hasta que sus huesos se desarrollan, así que tendrás un público cautivo cada vez que salga de caza. Al menos por unas semanas".* Sonriendo, Tallin se alejó de la cueva, aún pensando en dragones.

Ambos se pusieron a hacer guardia esperando el regreso de Shesha, sentados a la sombra de los árboles y disfrutando de la brisa. Duskeye dormitaba y Tallin leía un viejo libro de hechizos que Chua le había prestado. Todo estaba tranquilo, y por unas horas, el jinete pudo ocupar su mente con algo que no fuera su obsesión con el nido.

Shesha regresó en las últimas horas de la tarde, llevando un reluciente pez entre las mandíbulas. Tallin no pudo esconderse antes de que aterrizara, pero ella no dijo nada. Como de costumbre, lo ignoraba por completo; simplemente olisqueó el aire con disgusto y se volvió para hablar con Duskeye. Este se levantó al verla, pero mantuvo la cabeza inclinada como muestra de respeto. *"Tu caza fue un éxito, por lo que veo. ¿Pudiste encontrar a los gansos?"*

Shesha dejó caer el pez de su boca. *"Sí, estaban en el río, tal como dijiste. Capturé a unos cuantos, pero su carne era dura, prefiero aves más jóvenes. Así que fui hasta el lago y cogí unos cuantos peces. Están desovando ahora, así que fueron presas fáciles. Pude sacar a este del agua sin ningún esfuerzo".* Sonrió a Duskeye orgullosamente. *"Está rebosante de huevas, así que lo guardé para el final. Seguro que está delicioso. ¿Quieres compartirlo conmigo?"*

Duskeye miró hacia Tallin, que nuevamente se había alejado, dándoles la espalda educadamente. Podía ver que su jinete estaba intranquilo. *"Lo siento, Shesha, me encantaría acompañarte, pero debo irme. Mi jinete no ha comido en todo el día, y sé que tiene hambre. No sería justo por mi parte".*

"¡Umf! Está bien, pues. ¡Disfrutaré de mi pez yo sola!", dijo recogiendo la presa y pasando junto a Duskeye sin dirigirle la mirada.

El dragón suspiró y regresó con Tallin. *"Bueno, ya está de vuelta, y como de costumbre algo enfadada. ¿Nos vamos? Shesha puede estar sola por un tiempo. A mí también me vendría bien algo de comer".*

El sol descendía con un brillo anaranjado, ocultándose por el horizonte. "Una caza rápida suena bien, me muero de hambre", dijo Tallin. Oteando el cielo, vio que las nubes tenían un extraño tono gris. "Pero parece que va a llover".

Duskeye se acercó al jinete y se apuntó la espalda con el hocico. *"Sube, nos podemos adelantar a la tormenta. Hay muchas presas pequeñas en este bosque, seguro que atrapamos algo".*

"Muy bien, en marcha", dijo Tallin con una sonrisa. Tomando su espada de las alforjas, la sacó brevemente de la vaina. Unos destellos de luz se reflejaron en la hoja. Era un arma hermosa, creación de los enanos, gran motivo de orgullo para él. Tras contemplarla unos instantes más, la devolvió a la vaina y la guardó.

"Hay una linda pradera un poco más al oeste", le dijo Duskeye. *"He conseguido cazar de todo ahí abajo, incluyendo ciervos y conejos".*

"Claro, intentémoslo. Llévanos ahí". Tallin ajustó la correa de la silla y subió a lomos de su dragón. Tras elevarse en el cielo, sobrevolaron a gran altura el manto de árboles, dirigiéndose hacia la pradera.

El viento azotaba los rojos rizos de Tallin, que disfrutaba la sensación del aire restallando sobre su piel. El jinete elevó el rostro hacia el sol poniente. ¡Qué maravillosa era la sensación de volar!

Al llegar a su destino, Duskeye descendió en círculos, posándose cerca de la linde del bosque. Alimentado por un manantial de aguas transparentes, un pequeño arroyo corría por el centro de la pradera. Tallin desmontó, se arrodilló y haciendo cuenco con las manos recogió algo de agua. Duskeye se le unió, y ambos bebieron juntos.

El jinete divisó unos espesos arbustos de arándano rojo en el límite del claro. Maduros y rebosantes de jugo, los frutos colgaban de las ramas en gruesos racimos. Si la caza no iba bien, al menos podrían coger unos cuantos. Incluso estando lejos, vio que había suficientes para llenar una docena de cestas. De hecho, no había ninguna presa a la vista.

"No veo animales por ningún lado", dijo Tallin. "Por allí hay bastantes arándanos, pero creo que deberíamos probar suerte en el bosque".

Duskeye miró a su alrededor y olisqueó el aire. Una expresión confusa asomó en su rostro. *Es extraño. Hay una fragancia aquí que no logro identificar*".

Tallin apuntó a un macizo de coloridas flores silvestres que había al otro lado de la pradera. "Seguramente sean esas flores naranjas. Tienen un olor extraño, como a estiércol de vaca". Arrugó la nariz. "No es muy agradable".

"*No, no es eso. No puedo situar el olor, pero lo conozco. Lo recuerdo, ¿pero de dónde?*" Duskeye miró vivamente a su alrededor.

Tallin se encogió de hombros. "Vamos, empecemos. Apuesto a que hay mucha caza bajando por ese sendero".

Duskeye abrió la boca para responder, pero Tallin ya estaba internándose entre los árboles. El dragón lo siguió, moviendo la vista cautelosamente de un lado a otro. La luz disminuía rápidamente, y ambos compañeros ajustaban su vista a la oscuridad.

Siguieron una estrecha vereda que se internaba en el bosque. Tallin la señaló y dijo: "Reconozco este sendero, es muy antiguo. Si lo sigues durante el tiempo suficiente, acaba llegando al océano del sur. Yo he cazado aquí, hace muchísimo tiempo, antes de ser jinete de dragón".

Se hizo de noche y la luna se elevó en el cielo, irradiando una luz plateada. Los árboles les dejaban poco espacio para circular, y las ramas rozaban contra sus cuerpos. Había maleza creciendo en el sendero, formando marañas que también dificultaban el avance.

Tallin sacó su espada para cercenar cualquier follaje que los obstaculizara. Por encima de ellos, un entramado de ramas reducía la luz de la luna a su mínima expresión, haciendo imposible saber la hora. Más y más árboles bloqueaban el camino, con raíces que se elevaban por encima del sendero como lombrices gigantescas.

Tallin pasó a través de un par de retoños entrelazados que formaban un arco. *"No puedo pasar por aquí"*, dijo Duskeye. *"Quizá deberíamos volver"*.

Tallin miró hacia atrás. "Es demasiado estrecho para ti, pero yo puedo pasar. Continuaré un poco más. ¿Por qué no vuelves a la pradera y miras si hay algún animal buscando agua en el arroyo? Con suerte uno de los dos cazará algo".

Duskeye miró a su jinete y dudó un momento. *"De acuerdo, iré. Pero ten cuidado, hay una energía en este bosque que me está incomodando"*.

"No te preocupes, estaré bien. Te avisaré si atrapo algo". El jinete no percibía nada fuera de lo común.

Duskeye asintió y se elevó, rompiendo las ramas

que ocultaban el cielo, dejando el lugar bañado de luz de luna. Mientras se alejaba, el dragón oyó el sonido no tan distante de un trueno.

Tallin empuñó su espada y siguió avanzando. Una niebla gris surgió de la tierra, oscureciendo el bosque aún más. El jinete agudizó la vista, tratando de ver entre los árboles, pero era imposible. Se sentía más como presa que como cazador, y si no fuera por el brillo de su espada seguramente se habría dado por vencido.

Se escuchó otro trueno. El sonido reverberó entre los árboles. Definitivamente la tormenta se estaba acercando. Hubo otro fuerte chasquido, seguido de un relámpago. El estómago de Tallin retumbó tan fuerte que casi ahogó el sonido. *Debí haber vuelto con Duskeye y comerme esos arándanos,* pensó. Pero lo que realmente quería era algo de carne, algo que detuviera el rugido de sus tripas, así que siguió adelante.

El techo de ramas se estrechó sobre su cabeza, formando un estrecho túnel. La vegetación se volvió tan gruesa que los árboles parecían fundidos, ya era casi imposible avanzar. Aunque el ruido de su estómago seguía, Tallin ya no tenía ganas de continuar, tendría que comer arándanos. Finalmente, el sendero desapareció. Atravesar el bosque sería casi imposible, sabía que si continuaba se perdería irremediablemente.

El jinete suspiró y se dio la vuelta, pero tras dar solo un paso se detuvo, mirándose la mano. Su espada estaba vibrando con increíble intensidad, haciendo temblar su puño. Ensanchó los ojos, alarmado, y un familiar zumbido comenzó en sus orejas, con la intensidad de toda una colmena. El corazón se le agitó y su respiración se aceleró.

"¡Magia!", dijo dando un respingo. *Hay magia cerca, y es poderosa.* Envió un mensaje telepático a su dragón. "¡Duskeye! Sal del bosque y vuelve al nido de Shesha, espérame allí. Permanece alerta y no bajes la guardia".

"*¡¿Pero por qué?! ¿Qué está pasando?*"

"¡Tenías razón sobre el bosque! Algo marcha mal aquí, percibo magia, y no es buena".

"*¿Estás en peligro?*" La voz de Duskeye estaba llena de inquietud.

"No, aún no, por lo menos. Siento una presencia, pero no estoy seguro de lo que es. ¡Espera! ¡Algo se acerca!"

El grito de un halcón perforó el cielo. El pájaro volaba muy bajo, casi tocando las copas de los árboles. Un relámpago llenó el cielo de luz, y esto le permitió distinguir un fino anillo dorado rodeando el cuello del halcón. Tallin supo de inmediato lo que era: un ave exploradora, enviada a inspeccionar la zona. No se trataba de un ave exploradora cualquiera, era un espía elfo.

Tallin observó al halcón dar dos vueltas en el cielo y después lo perdió de vista. Se zambulló tras un grupo de hiedras, haciendo lo posible por ocultarse mientras esperaba a que el pájaro pasara. Dejó de moverse y trató de no hacer ningún ruido, resistiendo la tentación de rascarse un punto de la cara donde una hoja le hacía cosquillas. Mirando a través de un hueco en el follaje, pudo divisar a la rapaz que volaba encima de él.

Incluso sin el anillo al cuello, el jinete sabía quién enviaba el halcón. Los elfos podían manipular a cualquier animal para hacer su voluntad, pero eran notablemente exigentes en cuanto a la apariencia de las criaturas que escogían. Evitaban usar palomas y cuervos, aun siendo mensajeros más inteligentes y eficaces. En su lugar, preferían usar halcones de cola dorada. Los elfos no podían resistirse a la belleza, y el halcón, aunque no habría sido la primera opción de Tallin, era una criatura extraordinariamente bella.

Mandó un último mensaje a Duskeye, contándole lo del halcón y repitiéndole que volviera a la cueva de Shesha. Luego enfundó su espada y se metió entre las hierbas más altas.

Daba cada paso cuidadosamente, como un ladrón infiltrándose en una fortaleza vigilada. No cortó ninguna rama más, no quería hacer demasiado ruido ni llamar la atención sobre su ubicación. Si algo le bloqueaba el camino, lo rodeaba. A cada paso que daba, la vibración de sus oídos se hacía más intensa.

Su avance era extremadamente lento. El bosque pareció hacerse más silencioso, hasta que ya no pudo detectar ni el zumbido de los insectos. Era una sensación espeluznante. Aquella quietud era antinatural, como si el bosque estuviera conteniendo la respiración. El sonido de sus botas pisando las hojas muertas parecía ensordecedor en medio del silencio. Sin embargo, el zumbido de sus oídos persistía, cada vez más alto e insistente.

Tallin pensaba que aquella parte del bosque no

podía ser más oscura, pero se equivocaba. Al poco penetró en una oscuridad total, tan profunda que no podía ver ni sus propias manos. Tras varios minutos de vagar a ciegas llegó a un pequeño claro entre los árboles, donde se vislumbraba un hilo de luz lunar.

¿Ahora hacia dónde?, pensó.

Justo entonces un grupo de palomas surgió de entre los árboles, sobresaltando a Tallin, que clavó los ojos en todas direcciones. Inspirando profundamente, volvió a internarse en las sombras.

Al poco oyó un alegre piar en la distancia. Era débil, pero estaba ahí. Siguió el sonido de los pájaros, sabiendo que lo acercarían a la fuente de la magia.

Unas negras nubes opacaron la luna y la lluvia empezó a caer, empapando las ropas de Tallin. Un relámpago resplandeció cerca, intenso y serpenteante. Pese a que aquel gélido aguacero le helaba la piel, Tallin lo agradeció, pues el golpeteo de la lluvia y aquellos retumbantes truenos enmascaraban su avance.

Transcurrió así una hora, pasada la cual vio un arco resplandeciente entre los árboles. Conteniendo el aliento, se acercó sigilosamente, avanzando hacia la luz. Cuando llegó a la fuente de la misma se asomó entre unos arbustos, desesperado por ver algo que explicara el insoportable martilleo en sus oídos. Aunque en el fondo lo esperaba, lo que vio le hizo abrir los ojos de par en par, y un escalofrío le recorrió las venas.

Elfos.

Se encontraban en un claro, rodeados de una burbuja de luz. Eran Carnesîr, Amandila y Fëanor. Los jinetes de dragón elfos. Habían vuelto al continente, ¿pero por qué? No había nadie más con ellos.

Tallin negó con la cabeza. *¿Qué están haciendo aquí? ¿Y por qué no están sus dragones con ellos?*

Los elfos estaban de pie en un semicírculo, hablando en voz baja. El suelo bajo sus pies estaba totalmente seco, y no caía ni una gota de lluvia en sus cercanías. Carnesîr sostenía una gran bolsa negra en una mano. Estaban discutiendo sobre algo, y sus voces se alteraban ocasionalmente. Con mucho cuidado, Tallin se acercó más, tratando de no hacer el más mínimo ruido. Cuando estuvo lo bastante cerca se detuvo para oír lo que decían, aunque fuera con dificultad.

Carnesîr dejó la bolsa en el suelo y la abrió. Una a una, extrajo de ella diez piedras ovaladas. Parecían de alabastro pulido, liso y blanco como la leche. Tallin vio cómo Fëanor daba un paso al frente y pasaba la mano sobre ellas. Las piedras resplandecieron un segundo, y luego adoptaron toda una gama de vivos colores.

Aquellas diez piedras eran exactamente como huevos de dragón.

El aire abandonó los pulmones de Tallin. Se quedó paralizado, respirando trabajosamente y preguntándose qué hacer. *¡Guarda silencio!*, le gritó su cerebro. *¡Controla la respiración! ¡No deben descubrirte aquí!*

Carnesîr señaló las piedras. "Preciosos, simplemente preciosos. Estos huevos nos servirán perfectamente de señuelo. Nuestros espías nos han confirmado el número, y nuestros primos, los duendes arbóreos, han descubierto la ubicación de la cueva de crianza. Esos torpes ingenuos de los duendes sirven para algo, después de todo".

Fëanor empezó a reír, pero Carnesîr alzó la mano. "La Reina Xiilthara ha dejado claros sus deseos. Los quiere todos. Si nuestra ilusión se hace correctamente, la dragona será engañada por completo. Cambiar los huevos será fácil".

Amandila era la única que parecía dudar. "Puede que no lo sea tanto como crees", su voz era aguda y llamativa. "Cambiar los huevos es una apuesta arriesgada. Si ninguno de ellos eclosiona, los jinetes de dragón de Parthos lo investigarán y descubrirán los señuelos. Sabes que sus hechiceros son lo bastante buenos como para detectar ilusiones élficas, y rápidamente pensarán en nosotros. Deberíamos dejar algunos huevos auténticos en el nido, si uno o dos de ellos se abren, habrá menos posibilidades de que la hembra sospeche algo. Después de todo, en esas condiciones, los huevos a veces no llegan a eclosionar".

Carnesîr se rascó la barbilla pensativamente. "Lo que dices tiene sentido. Preferiría evitar problemas con los mortales, especialmente con ese mestizo, Tallin". Se volvió hacia Fëanor, que estaba apoyado en un árbol. "Fëanor, ¿tú qué opinas? ¿Deberíamos dejar algunos huevos? Xiilthara se pondría furiosa".

Fëanor miró hacia el cielo y se encogió de hombros. "Lo sé. Sabes lo irritable que puede llegar a ser. Ninguna de nuestras opciones es muy buena".

"Oh, vamos, no seas tan difícil. Te estoy pidiendo tu opinión".

"Sabes lo que opino sobre este asunto", replicó

Fëanor con leve irritación. "¿Qué espera conseguir Xiilthara con esta pequeña excursión? Si robamos los huevos enfureceremos a los jinetes de dragón de Parthos. Incluso nuestros propios dragones están indignados. Blacktooth no me habla, está terriblemente molesto con todo el asunto. Esta misión es una mala idea, no me gusta nada de ella".

Carnesîr enrojeció, y sus facciones se endurecieron. "Sabes que esto fue una orden real. ¡Hablas con mucha libertad de nuestra reina! Harías bien en contener tu lengua".

Fëanor volvió a encogerse de hombros. "Bueno, me has preguntado mi opinión, ¿no? Solo estoy siendo sincero".

Amandila intervino, "Nagendra también está molesta conmigo. Supongamos que Xiilthara se equivoca respecto a llevarse estos huevos".

Carnesîr negó con la cabeza. "Nuestra reina siempre es prudente en lo que respecta a la participación de Brighthollow en los asuntos mortales. Ella piensa que la hora de intervenir y salvar a los dragones ha llegado".

Fëanor lo miró despectivamente. "¿Y qué vamos a hacer con los huevos cuando los tengamos? Sabes que los dragones no pueden aparearse en Brighthollow, la magia élfica anula su fertilidad. Los huevos seguramente no eclosionen allí, ¡¿vamos a limitarnos a guardarlos para siempre?!"

Amandila asintió. "Fëanor tiene razón. Pudimos haber salvado algunos huevos cuando los nidos eran más abundantes, para después devolverlos al desierto cuando las guerras humanas terminaran. Ahora es demasiado tarde, solo queda un puñado de dragones. ¿Por qué esperamos tanto para hacer algo?"

Carnesîr abrió la boca para responder, pero Fëanor lo interrumpió.

"¡¿Ves?! ¡No soy el único que piensa así! Xiilthara lleva su posición de neutralidad demasiado lejos. Los dragones están casi extintos, y esta es la primera hembra anidadora que hemos visto en muchísimo tiempo. Su estricta política de no intervención no causó esta catástrofe, pero ha hecho la situación mucho peor. Xiilthara esperó demasiado para actuar, lo sabéis y yo también. Esta maniobra solo servirá para enfurecer a todo el mundo".

El rostro de Carnesîr reflejaba una gran irritación, respiró profundamente para calmarse. Cuando volvió a hablar su voz sonaba tranquila, pero no se percibía serenidad en sus ojos. "Entiendo tu preocupación, te lo aseguro. Pero no puede cambiarse el pasado, ¿verdad? Lo hecho, hecho está, y lamentarse no va a ayudarnos. Debemos pensar en el futuro".

Fëanor resopló. "Bien, ¿qué es lo que quieres que diga? Toma los huevos entonces, llévatelos todos. Así de simple, de cualquier forma, no deja de ser algo horrible. Tendremos suerte si nuestros dragones vuelven a hablar con nosotros".

Carnesîr lo miró con intensidad. "Exageras Fëanor. Lo superarán. Además, necesito soluciones que funcionen, no sermones. ¿Comprendes?"

"No te estoy sermoneando", respondió Fëanor con un suspiro exasperado. "Te estoy diciendo que esta misión tendrá consecuencias desastrosas si consiguen relacionarla con nosotros. En cuanto los jinetes de Parthos descubran nuestra intervención nos declararán la guerra. Sabes cómo son los humanos cuando se enfurecen. Los mortales no suelen ser buenos en nada, pero tienen un especial talento para enfurecerse, iniciar guerras y matarse entre ellos. No entiendo muy bien por qué Xiilthara querrá una guerra con Parthos por unos huevos de dragón".

Las mejillas de Carnesîr enrojecieron. "¡Xiilthara no quiere guerra, Fëanor! ¡Esto no tiene que ver con los humanos! Ellos no son mi preocupación. Tenemos una orden que cumplir".

Amandila interrumpió la discusión. "¿Qué tal buscar una solución intermedia?" Sus siguientes palabras salieron de su boca en un tono muy suave, y Tallin tuvo dificultad para escucharla. "¿Por qué no tomamos solo la mitad de los huevos? Podríamos llevar cinco a Brighthollow y dejar cinco aquí. Eso es más razonable".

Agazapado entre los arbustos cerca de los elfos, Tallin escuchaba con ansiedad. Necesitaba enviarle un mensaje a Duskeye para contarle lo que iba a suceder, pero le resultaba imposible concentrarse, especialmente con aquel constante zumbido en sus oídos. Los elfos habían protegido el área contra la magia exterior. Apenas podía mantener su propio enfoque. Impotente y horrorizado, el miedo le iba ascendiendo por la espalda.

Carnesîr volvió a negar con la cabeza. "Una solución parcial no funcionará. Xiilthara no quedará satisfecha, y los dragones tampoco. Hacer algo que solo empeorará las cosas tampoco es muy buena idea".

"Quizá nuestros dragones tengan razón", susurró Amandila con la cabeza gacha. "Parece una idea horrible. Nagendra dice que robar los huevos es una gran crueldad, y que deberíamos dejar a los polluelos con su madre. Traté de explicarle nuestros motivos, pero no quería hablar sobre ello. Se negó a venir conmigo. Jamás se había negado a acompañarme a una misión".

"Blacktooth me dijo lo mismo", añadió Fëanor. "En el fondo todos sabemos que esto es injusto, no importa cómo tratemos de justificarlo".

Carnesîr quedó unos instantes pensativo, mirando a lo alto. La lluvia se había detenido, y el brillo de las estrellas empezó a filtrarse entre los árboles. "Mirad... no es que esté *mal*, es solo una tarea desagradable. Hacemos esto por un bien mayor. Los dragones lo entenderán con el tiempo, estamos haciéndolo para salvarlos". Su rostro se iluminó. "Pensad en ello, ¡si este plan funciona nos llevaremos el mérito de salvarlos! ¿No es eso maravilloso?"

Fëanor hizo un gesto de exasperación. "¡Sí, por supuesto!" Su voz se escuchaba llena de sarcasmo. "¡Y qué gran *héroe* serás a los ojos de nuestra reina! Tus motivos son siempre tan puros..."

Al oír eso, los ojos de Carnesîr chispearon de furia. "¡¿Qué es lo que insinúas, *exactamente*?!"

Fëanor elevó el mentón. "No *insinúo* nada, ¡lo digo con claridad, a tu cara! Puesto que eres el favorito de Xiilthara, afronta tú las consecuencias. Deja de hacernos corresponsables de esta horrible decisión.

Tú puedes robar todos los huevos y llevárselos a Brighthollow. Serás colmado de elogios, estoy seguro".

Carnesîr frunció el ceño. "¡No soy ningún cortesano tratando de impresionar a la reina!"

"Eso es una completa mentira", espetó Fëanor. "Siempre estás intentando darle coba, seamos sinceros al respecto. Y por supuesto, robar los huevos de dragón y llevárselos a Brighthollow, es *brillante*. ¿Y para qué? ¿Para mantenerlos a salvo? ¡Es una absoluta estupidez! ¿Qué espera lograr Xiilthara?"

"¡Ya basta!", intervino Amandila, dando un pisotón en el suelo. Su voz volvió a agudizarse. "¡Dejad de pelear, los dos! Debemos cooperar entre nosotros, no pelear como niños. Decidamos de inmediato qué vamos a hacer".

"De acuerdo", dijo Fëanor. "Estoy en desacuerdo con todo este desastre, pero tienes razón. Cuanto antes acabemos con ello, mejor".

"Cierto", dijo Carnesîr. "Yo decidiré, pues. Y digo que atacaremos el nido mañana, al amanecer. Conocemos el emplazamiento de la cueva y los huevos falsos están listos, no hay motivo para retrasarse. Debemos movernos rápido, y sin ser detectados".

"¿Y cuántos nos llevaremos finalmente?" preguntó Amandila.

"Todos", dijo Carnesîr, lanzándole una mirada mordaz a Fëanor. "Puesto que ninguno de ustedes se molesta en darme una buena solución, seguiré las órdenes de la reina, eso es lo que Xiilthara desea que hagamos. Tal como decís, yo afrontaré las consecuencias después".

Tallin estaba horrorizado. *Ya he oído suficiente, debo salir de aquí. ¡Tengo que advertir a Shesha y Duskeye!*

Pero cuando se dio la vuelta para marcharse, se le resbaló un pie, quebrando una rama. Un fuerte chasquido llenó el aire, y los elfos se giraron repentinamente, mirando en su dirección. Tallin se quedó paralizado. Estaba de espaldas a ellos, oyendo los latidos de su propio corazón y conteniéndose para no salir corriendo a toda velocidad.

"¿Habéis oído ese ruido?", susurró Amandila.

"Sí, una rama rompiéndose", dijo Carnesîr. "Hay alguien por ahí".

Fëanor caminó hacia el escondite de Tallin. Pegado al suelo, el jinete esperó, respirando lenta y profundamente para controlar el ritmo de su corazón. Fëanor se acercaba más y más, y al llegar a su lado extendió los brazos para apartar las ramas.

Tallin saltó de su escondite, levantó sus manos que brillaban intensamente y lanzó un conjuro. "*¡¡Detta!!*" Un estallido de luz amarilla brotó en el aire, envolviendo el cuerpo de Fëanor y dejándolo inmóvil.

"¡Me han dado!", gritó el elfo, abrazando su propio cuerpo. "¡Maldición, me han dado!" Derrumbándose en el suelo, un hilo de luz se enrolló a su alrededor, sujetándolo firmemente como un látigo. El elfo dio un aullido de rabia.

"¡Es ese mestizo infernal!", gritó Carnesîr. "¡Cogedlo!"

Tallin salió de la maleza y se lanzó hacia el bosque.

Carnesîr y Amandila salieron tras él inmediatamente, saltando sobre los arbustos con facilidad gracias a sus livianos cuerpos. Los gritos de Fëanor resonaban tras ellos.

Tallin sonrió por un momento. El efecto de su hechizo solo era temporal, pero era agradable borrar del rostro de Fëanor su habitual expresión petulante. Siguió corriendo a toda velocidad, apartando a golpes las ramas que le obstaculizaban. A sus espaldas, los elfos gritaban sin cesar amenazas y maldiciones. Le costaba mucho seguir delante de ellos. "¡Que no escape!", gritó Carnesîr iracundo. "¡Lo arruinará todo!"

Los elfos se situaron a los lados de Tallin para interceptarlo, pero el enano aceleró el ritmo. Mirando hacia atrás pudo ver a Amandila, quién con expresión iracunda hizo surgir una bola flamígera de su mano. Tras saltar sobre un tronco caído, la elfa lanzó el proyectil hacia Tallin como si fuera una piedra. La bola se abrió paso entre las hojas y ramas, dejando un rastro ardiente tras de sí.

El jinete esquivó el proyectil tirándose al suelo, la bola pasó por encima de él y se impactó contra un árbol que estalló en llamas. El enano se levantó y volvió a esquivar un segundo proyectil, esta vez apenas por un pelo.

Tallin reanudó la carrera, esperando encontrar un lugar dónde esconderse el tiempo suficiente para enviar un mensaje a Duskeye. Los elfos estaban obstruyendo su magia de alguna manera, o sus sentidos ya estaban sobrecargados. Si lo atrapaban, no estaba seguro de lo que los elfos harían con él. Desde luego no estaban contentos, ¿pero estarían dispuestos a matarlo solo para mantener su misión en secreto?

Tallin tragó saliva y continuó corriendo... no deseaba descubrir de qué eran capaces.

Un enorme muro de arbustos espinosos le bloqueaban el camino, le sería imposible pasar. Miró a su alrededor, pero no había una manera fácil de evitarlo. Tendría que rodearlo, y no tenía tiempo para eso. Los gritos de los elfos indicaban que estaban ya muy cerca, y no tardarían mucho en encontrarlo.

Tallin sintió el corazón saliéndosele del pecho. Lleno de impotencia dio un puñetazo a un tronco caído y escuchó un eco; el árbol estaba hueco. El roble tenía una pequeña abertura, pero había suficiente espacio para el cuerpo de Tallin, dio gracias a los dioses y pasó a rastras al interior, justo cuando llegaban los elfos.

Mirando por un agujero, pudo verlos pasar de largo. Un hondo suspiro escapó de sus labios; había tenido suerte. Aunque era un buen corredor, sabía que no podía competir contra los elfos, que corrían más y pesaban mucho menos.

Con el corazón aún acelerado, tocó la piedra de dragón de su pecho y expandió su mente, tratando de contactar con Duskeye. Instantes después sintió la soñolienta consciencia del dragón respondiendo.

"¡Duskeye! ¡Duskeye! ¡Despierta!"

"¿Tallin? ¿Dónde estás?" Su voz sonaba torpe. "Es tardísimo, me quedé dormido esperándote".

"¡No hay tiempo para explicaciones, solo escúchame! ¡Debes llevar a Shesha a un lugar más seguro, y llevarte los huevos contigo!"

"*¡¿Qué?!*" La soñolencia de Duskeye desapareció de inmediato. "*¿Qué está pasando?*"

Tallin oyó a los elfos volviendo en su dirección. No había tiempo que perder. "¡Los elfos están aquí, y planean robar los huevos! Están persiguiéndome. Ve al Sur, hacia el desierto. Los duendes arbóreos están espiando para ellos, los huevos no están seguros mientras sigas ahí. ¡No puedo hablar más! ¡Salva el nido! ¡Saca a Shesha del bosque! ¡Ahora!"

Duskeye trató de responder, pero era inútil. El zumbido en los oídos de Tallin se había vuelto tan intenso que le parecía tener la cabeza en llamas, era insoportable. Perdió la concentración, y el contacto se rompió.

El jinete salió de su escondite y volvió a esconderse entre los árboles, se agazapó y examinó los alrededores. Quedarse escondido no le serviría de nada, acabarían encontrándolo. Si continuaba evadiéndolos el tiempo suficiente, Duskeye podría rescatarlo, pero la seguridad de los huevos era la máxima prioridad. Su única esperanza era seguir corriendo y distraer a los elfos hasta que Duskeye pudiera llevar los huevos a un lugar más seguro. No era el mejor plan, pero era el único que tenía.

Pudo ver a Amandila buscándolo aún y aproximándose desde un costado. El muro espinoso seguía obstaculizándolo, y la única vía libre era un pequeño estanque, oscuro y liso como un espejo. Echó a correr hacia él, necesitaba cruzarlo.

No es excesivamente ancho, ¿sería posible saltar sobre

él?

No estaba seguro. Se apoyó en su mugrienta orilla y dio un gran brinco. Por un segundo pensó que lo conseguiría, pero había calculado mal la distancia. Sus pies rozaron el agua y su cuerpo se sumergió.

Tallin cayó de espaldas en el estanque, era más profundo de lo que esperaba; el agua le llegaba hasta el pecho. Intentó llegar a la orilla, pero no podía mover los pies: las botas se le habían clavado en el lodo, y estaba hundido hasta las rodillas. Trató de liberarse, pero cuanto más se revolvía, más se hundía.

La voz de Carnesîr resonó en la distancia. "¡Mira! ¡Allí está!"

Tallin se sumergió en el agua, tratando de quitarse las botas, pero ya era demasiado tarde: cuando volvió a emerger, los elfos ya habían llegado a la orilla desde la que había saltado. Estaba atrapado como una mosca en una telaraña.

"Redúcelo, Amandila, pero no lo mates", ordenó Carnesîr con gélida voz. Tallin trató de mirar hacia ellos, pero una luz abrasadora estalló en su cráneo. Su cuerpo quedó rígido, y se desplomó en las cenagosas aguas.

Unos segundos después, Amandila lo sacó del estanque arrastrándolo por el pelo, dejándolo tendido boca arriba. Sus piernas y brazos estaban tiesas e inflexibles, como barras de hierro soldadas al tronco. Intentó hablar, pero solo logró emitir unos gorjeos. Lo único que podía mover eran los ojos. Al abrirlos, pudo ver a ambos elfos de pie frente a él. Sentía un fuerte martilleo en la cabeza, y le dolía incluso respirar.

"¿Crees que ha podido avisar a alguien?", dijo Amandila.

"Desde luego espero que no", respondió Carnesîr. "Pero lo sabremos pronto". Le dio un puntapié a Tallin en el costado. El rostro del enano estaba pálido y sus ojos miraban vidriosos al cielo. "No se ve muy bien. ¿Aún respira?"

"¡Por supuesto que respira!", dijo ella, molesta. "¿Por quién me tomas? Tengo buen control de mi poder". Se inclinó sobre Tallin, tocándole ligeramente la frente. "Tan solo lo he aturdido. Se recuperará, pero tendré que transportarlo". Tras esas palabras, levantó a Tallin y lo cargó sobre sus hombros como un saco de patatas. Era una elfa fuerte y flexible, capaz de transportarlo sin ayuda.

"Vamos, lo interrogaré en nuestro campamento", dijo Carnesîr.

El elfo pasó una mano pálida sobre el rostro de Tallin. Después de eso, el mundo se oscureció, y el jinete cayó dormido.

5. LA NUEVA VIDA
EN LA MONTAÑA

En las vastas cavernas del Monte Velik, Skemtun caminaba fatigosamente de vuelta a su cueva, con el cuerpo doblado y encogido tras un largo día de trabajo. Le dolían la espalda y los nudillos, y su mente estaba cansada. Un sudor impregnado de polvo se adhería a sus ropas y pelo, formando una espesa e incómoda capa de mugre.

Estaba de pésimo humor, y aún no había cenado, lo que empeoraba las cosas. Se había pasado toda la semana extrayendo mena de cobre junto a otros miembros de su clan, *Marretaela*.

Además de sus labores de minero, Skemtun era el líder de su clan. Aunque el trabajo en las minas consumía su energía física, aquel cargo le parecía aún más agotador.

El pasado invierno había tratado de renunciar, pero por desgracia, descubrió que abandonar el liderazgo de un clan es algo más fácil de decir que de hacer. Cuando se dirigió al consejo para presentar su renuncia, el grupo lo reprendió y se negó a aceptarla. Le dijeron que, como líder de clan, tenía la responsabilidad de mantener la paz y de servir a los suyos.

Skemtun les dio sus argumentos, pero no logró hacerles cambiar de opinión. Sus pétreos rostros no se conmovieron ni un momento. *No puedes renunciar ahora, no mientras sigan las tensiones entre los clanes. Daría una imagen muy mala del consejo.*

Y así, Skemtun no tuvo más remedio que continuar. *Estoy cansado, cansado de servir a todos los que me rodean. Quiero algo diferente. Cuanto desearía irme lejos y dejar todo atrás.*

Se sentía destrozado física y mentalmente. El trabajo en las minas, sus responsabilidades hacia el consejo... era demasiado esfuerzo. Todo era demasiado.

Por supuesto, los últimos años habían sido duros para todos. Los tiempos habían cambiado, y no para bien. Los clanes enanos siempre tenían disputas de un tipo u otro, pero los problemas habían llegado a su límite cinco años atrás, cuando el rey estuvo a punto de morir a manos de una asesina balborita. Tras el atentado, Hergung quedó postrado en su cama. El gran y poderoso rey enano, ahora era débil e ineficaz.

Careciendo de un fuerte liderazgo central, los enanos se enzarzaron en embarazosas pendencias públicas, iniciándose una feroz lucha por el poder.

Los primeros problemas graves comenzaron con el clan Vardmiter, cuyos miembros se sentían descontentos con su situación en el Monte Velik. Al final se disgustaron tanto que decidieron marcharse, mudándose al Oeste, a las Montañas de Highport. Su marcha tuvo consecuencias desastrosas para los demás clanes.

"¡Esos sucios, miserables Vardmiter! ¡Nos abandonaron cuando más los necesitábamos!", maldijo Skemtun en voz baja mientras agitaba el puño, pero logró calmarse, inspirando profundamente. El pasado, era pasado. No tenía sentido lamentarse por él.

El enano reflexionó sobre aquellos últimos cinco años, repasando los acontecimientos en su cabeza e intentando encontrarles sentido. El clan Vardmiter había sido alguna vez el más grande de todo el Monte Velik; en un momento dado, tenían más miembros que todos los demás clanes juntos. Y ahora ya no estaban. Con su marcha, había empezado el peor cisma en la historia de los enanos.

Suspiró resignadamente. Quizá se merecían aquello: quizá debían haberlo visto venir. Un estricto código moral había dominado siempre la vida en el reino enano, y las reglas eran opresivas para los clanes de menor rango. Los Vardmiter ocupaban la escala más baja del orden social, por lo que a menudo eran menospreciados. Víctimas de burlas y desprecios, recibían un trato más propio de animales que de personas.

Los demás enanos no se sentaban a comer ni beber con los Vardmiter, y nunca se les invitaba a los eventos comunitarios, ni siquiera cuando participaban en ellos todos los otros clanes. Tampoco podían casarse con enanos que no fueran de su clan. Todos sus miembros vivían junto a las minas de cobre, en aisladas cavernas excavadas en las más profundas entrañas del

Monte Velik.

Eran raros incluso los contactos físicos entre los Vardmiter y el resto de clanes. Por lo tanto, les era imposible escalar en la compleja jerarquía social por la que se regían los enanos; el transcurso de sus vidas estaba decidido desde su nacimiento.

Los Vardmiter sufrían unas terribles condiciones de trabajo y recibían pagos injustamente bajos, pero así es como había sido durante miles de años; era la tradición. Y repentinamente, quisieron cambiar todo eso. El líder del clan, Utan, era un apasionado joven comprometido con el progreso. Deseaba mejorar las condiciones de vida de los suyos.

Comprensiblemente, hubo una gran resistencia a este tipo de cambio radical, especialmente de los otros clanes. En los tiempos previos a la rebelión, Utan se dirigió al consejo enano, solicitándoles mejores condiciones y una paga más alta para su gente, pero sus demandas fueron ignoradas, y la vida de los Vardmiter no mejoró.

Utan se sentía cada vez más frustrado por aquella sistemática denigración de los suyos, y continuó luchando por sus derechos. Se quejó directamente al rey, pero Hergung estaba muy enfermo y apenas podía hablar, por lo que lo remitió al consejo, que denegó sus peticiones nuevamente.

Furioso, Utan comenzó a planear en secreto un movimiento insólito: abandonar el Monte Velik. Explorando el continente, encontró un grupo de cuevas que les servirían en la región noroeste de las Montañas Highport. Cuando regresó de sus viajes, convocó inmediatamente a todo su clan. El día de la reunión, se puso frente a la multitud y exclamó: "¡Nos merecemos algo mejor! ¡Los abusos sobre nuestra gente deben terminar! ¡Y terminarán! ¡Terminarán hoy mismo!"

Con sus apasionadas palabras, Utan llevó a su clan al frenesí. Cuando finalizó su discurso, los Vardmiter estaban dispuestos a seguirlo a cualquier parte, y lo hicieron. Tras empaquetar apresuradamente sus cosas, abandonaron el Monte Velik esa misma noche, a través de una salida secreta de la montaña. Aquel éxodo masivo era un hecho único en la historia de los clanes.

Puesto que ningún enano ajeno a los Vardmiter entraba nunca en sus cuevas, las noticias de su marcha no llegaron a los demás hasta el día siguiente, cuando el rumor empezó a extenderse por la ciudad como un reguero de pólvora.

El resto de clanes no daba crédito. El consejo enano se reunió y emitió rápidamente un pronunciamiento formal, declarando que era solo una situación temporal. Aseguraban que los Vardmiter volverían al Monte Velik, humillados, en cuestión de días. Algunos miembros del consejo se rieron de la cuestión. Creían firmemente que los Vardmiter fracasarían, e incluso empezaron a apostar sobre la fecha de su regreso. *Nadie debe temer*, insistieron. *Volverán más pronto de lo que pensáis.* Eso hizo que todo el mundo se calmara un poco.

Lamentablemente, era mentira. Y Skemtun y los demás enanos habían sido lo bastante ingenuos como para creerlo. A medida que los días se convertían en semanas, quedó claro que el consejo estaba equivocado.

Muy equivocado.

Desesperados, miembros del consejo enviaron espías para averiguar qué hacían los Vardmiter. Cuando llegaron los primeros informes, se negaron a creerlos. Los espías les contaron que les iba bien en su nuevo hogar; de hecho, estaban prosperando. Aunque los comienzos habían sido difíciles, los Vardmiter perseveraron, y contra todo pronóstico tuvieron éxito.

Era un clan que no tenía miedo de trabajar para mejorar sus vidas. Reuniendo el poco dinero que tenían, compraron cerdos y cabras. Los cerdos eran animales fáciles de cuidar, porque podían ser alimentados con casi cualquier cosa, incluyendo sobras de comida, bellotas y plantas silvestres. A partir de solo dos hembras, lograron crear grandes granjas de cerdos. Todas las hembras las conservaban para criar, y los machos eran engordados para ser comidos. El clan atendía a los animales con sensatez y cuidado.

Bajo esta atenta crianza, los cerdos se multiplicaron a pasos acelerados, y tras solo un año los enanos exiliados tenían una fuente estable de carne. Mientras tanto, las mujeres y los niños se dedicaban a buscar comida en el exterior de la montaña, recogiendo cualquier cosa remotamente comestible que encontraran, mientras esperaban a tener más cerdos y a que sus campos de setas maduraran. De este modo, sobrevivieron a sus difíciles primeros meses. Después de aquello, todo fue más fácil.

Mientras que las condiciones en Highport mejoraban, la situación del Monte Velik se deterioraba. Los Vardmiter eran el clan encargado de todos los trabajos no cualificados, proporcionando servicios tan vitales como la recolección de la basura, la eliminación de aguas fecales, el enterramiento de los muertos y las reparaciones generales. Ahora no había quedado nadie para hacer ese trabajo.

También llevaban a cabo casi toda la agricultura, así que su ausencia redujo el suministro de comida. Los ciudadanos del Monte Velik trataron de seguir con su vida anterior, pero pronto quedó claro que era imposible, y el desorden se extendió por el reino.

Ninguno de los clanes quería encargarse de los trabajos humildes que los Vardmiter solían realizar, y se pasaron meses discutiendo mientras su sociedad se derrumbaba a su alrededor. El mismo Skemtun se negó a que los Marretaela recogieran la basura, algo que parecía impensable en ese momento, y sin nadie dispuesto a hacerse cargo, el desastre tan solo empeoró.

Cerca de la caldera, donde la luz del sol permitía realizar algo de agricultura, los campos abandonados se llenaron de cultivos sin cosechar. Las plagas se cebaron con aquel suelo descuidado, y todas las plantas perecieron. Así, los ya limitados terrenos agrícolas de los enanos sufrieron grandes daños. De este modo, las antiguamente enormes reservas de grano se redujeron a la nada en unos pocos meses.

En el interior de la montaña, los desagües se congestionaron y dejaron de funcionar, y muchas cuevas se inundaron con agua contaminada.

Lo siguiente fue el ganado. Ninguno de los clanes superiores estaba dispuesto a tocar animales de granja, y sin nadie para cuidarlos y alimentarlos, todos los pollos murieron, seguidos poco después por los conejos.

Increíblemente, los rebaños de cabras sobrevivieron, pero solo porque los dejaron en el exterior deambulando y pastando a sus anchas, normalmente sin que nadie los vigilara. Sin embargo, cuando los Vardmiter se fueron, se llevaron a sus valiosos perros pastores, así que muchas cabras fueron matadas por los lobos. Algunas incluso fueron robadas por los granjeros humanos que vivían en el valle inferior.

La población estaba desesperada, y empezó a cundir la histeria, produciéndose estallidos de violencia y disturbios por toda la ciudad, con numerosas peleas y daños materiales. Dos enanos murieron en medio del caos. Solo entonces el consejo entendió que la situación era crítica, y se vio obligado a admitir la verdad: el trabajo del clan enano más humilde era fundamental para el reino, y sin los Vardmiter, su cuidadosamente estructurada sociedad no podía sobrevivir.

Con la ciudad consumida por los disturbios, los sabios del consejo se tragaron su orgullo, y por primera vez en la historia asignaron trabajos poco cualificados a miembros de sus propios clanes. Skemtun no estaba contento, nadie lo estaba, ¿pero qué más podían hacer?

Los enanos reasignados eran hábiles artesanos,

que consideraban sus nuevas labores increíblemente degradantes. Se quejaban amargamente de los trabajos físicos, especialmente la agricultura y la limpieza, que sin embargo el reino necesitaba desesperadamente para seguir funcionando.

Tras algunas negociaciones se alcanzó un compromiso: todos los clanes acordaron rotar a sus miembros, aunque la mayoría del trabajo extra venía de Marretaela, el clan minero, que ahora era el más numeroso de la montaña.

Skemtun quedó encargado de delegar el doble de trabajo que antes, debiendo presionar a los suyos para que retomaran lo que los Vardmiter habían dejado pendiente.

La labor era difícil, y desde luego no era agradable. Nadie quería hacer todo ese trabajo, pero era la única forma de que la ciudad volviera a la normalidad. Con el tiempo, el clan accedió a hacer lo que Skemtun les pedía, pero sus nuevas responsabilidades eran una carga constante, y el estrés adicional casi acabó con él.

Habían pasado varios años, y las cosas finalmente estaban mejorando, pero nada era como había sido antes. La mayoría de enanos tenían dos trabajos, y todo el mundo estaba agotado. Las mujeres y los niños se habían hecho cargo de la agricultura y cuidaban los campos de setas.

Pero incluso con todo el mundo trabajando, era difícil sacar adelante todas las tareas; simplemente había demasiado por hacer. Ancianos jubilados hace mucho se vieron obligados a trabajar de nuevo. La mayoría lo hacía gratis, pero simplemente no tenían opción. Todos tenían que echar una mano, o de lo contrario no habría suficiente comida. ¿Y qué pasaría entonces?

Una vez los clanes se resignaron a sus nuevos roles, la situación de la montaña mejoró. Se arrancaron las plantas enfermas y se repoblaron los campos con otras sanas. Los nuevos cultivos crecían rápido ahora que estaban debidamente atendidos. Unos cuantos enanos laboriosos lograron sembrar campos de centeno, así que ese año tenían incluso pan. También se logró salvar a la mayoría de las cabras, que estaban criando de nuevo, por lo que había queso y leche. Y afortunadamente, los árboles frutales del exterior nunca dejaron de dar fruto. Las cosas iban a mejor. Lentamente.

Pero aunque esos días los enanos tenían suficiente para comer, todo era menos abundante que antes, y la variedad de alimentos era limitada. Los días en que era posible escoger entre docenas de frutas y verduras habían quedado atrás.

Skemtun miró a su alrededor, pensando en cómo habían llegado a aquello. Simplemente habían ignorado los problemas demasiado tiempo. *¿Cómo pudimos dejar que llegara a ese punto?*, pensaba, negando con la cabeza mientras caminaba por un solitario corredor. Era una pregunta para la que no tenía respuesta. "Si lo hubiéramos arreglado antes...", dijo en un susurro. "Habría sido mucho más fácil para todos".

Suspiró. Había que ir paso a paso.

6. EL FORASTERO

Dos jóvenes enanos entraron a paso vivo en el corredor, charlando y riendo. Skemtun, que caminaba mirándose los pies, ni siquiera notó su presencia hasta que chocó con ellos.

"¡Ups!, perdona, viejo", dijo uno de los jóvenes. "No te vi venir".

Skemtun alzó la vista y vio un rostro familiar. Pertenecía a su sobrino Garaek, el hijo menor de Marna, su hermana. Si no recordaba mal, Garaek acababa de hacer los treinta ese año. "No importa, hijo", respondió. "¿Hacia dónde vais, muchachos?"

"¡Al salón del hidromiel!", dijo el otro, palmeando tan fuerte la espalda de Skemtun que le hizo escupir. "Necesitamos una bebida fuerte y una comida caliente. ¡Deberías hacer lo mismo! Te caería bien una pinta. ¡O incluso dos!" Ambos rieron y continuaron su camino.

Skemtun sonrió. *¡Qué gran idea! ¡Eso es lo que necesito!* Una buena comida en compañía de amigos levantaría su ánimo.

Cambió de dirección, caminando rápidamente por el corredor que llevaba al salón del hidromiel. El salón se encontraba al final del mercado, era día de comercio y había gran actividad.

Frutas y verduras, setas y carne; los puestos estaban llenos, pero no tanto como antes. Skemtun recordaba los días en que los vendedores simplemente regalaban sus productos más pasados. Hoy día, incluso las verduras medio podridas, las frutas pasadas y la carne con manchas verdes se vendían y usaban para algo.

Skemtun se detuvo en la entrada, examinando la enorme sala. Estaba llena a rebosar y bullía de actividad. Los Vardmiter ya no tenían permitido el acceso a la montaña, pero había enanos de todos los demás clanes charlando y haciendo negocios. Los ancianos jugaban a las cartas junto a la chimenea, y los niños correteaban por los pasillos. También había algunos humanos, mercaderes del exterior.

Era un lugar de encuentro comunal; una taberna, sala de reuniones y espacio de recreo, todo en uno. Skemtun se abrió paso entre un gran grupo de talladores de piedra, dirigiéndose a la cantina.

La luz de las antorchas se reflejaba en los elaborados adornos metálicos de las mesas y sillas. De las paredes colgaban lanzas de hierro y pieles de animales. Los aromas de la cerveza y la comida llenaban el aire, haciéndole rugir el estómago. Se cruzó con otros enanos de su clan, a los que saludó. A veces se detenía para charlar, pero intentaba que fueran conversaciones breves.

Cuanto más olía comida, más la deseaba. Pasando entre la multitud, encontró una silla libre en una pequeña mesa cercana a la cocina. Tras hacer contacto visual con una camarera, alzó un dedo para llamarla. La joven dejó de limpiar mesas y se acercó hasta él.

"Hola, Skemtun, hacía tiempo que no te veía", le dijo con una sonrisa.

"Estoy muy ocupado", ya sabes.

"Como todos, ¿no? Bueno, ¿qué te apetece tomar?"

Skemtun pensó por unos instantes, mirando el menú gigante pintado sobre las puertas de la cocina. "Mmm… tomaré una ración de cabra con setas. ¿Hoy tenéis pan?"

Ella negó con la cabeza. "No, hoy no. No hay harina hasta la semana que viene".

"Una pena. ¿Y esas estupendas tortas de miel? Me gustaría tomar una".

"Sí, nos quedan algunas. ¿La mitad de una sería suficiente? El rey es aficionado a ellas, así que estamos intentando racionarlas un poco".

"Está bien, tomaré lo que podáis darme. Y tráeme una jarra de cerveza de la bodega que ya sabes". Metió la mano en el bolsillo y le lanzó una moneda de cobre a la chica, que la agarró al vuelo con su mano libre.

Esbozando una leve sonrisa, se la metió en el bolsillo del delantal. "Gracias, señor. Enseguida vuelvo con su pedido", dijo, dándose la vuelta y entrando en la cocina.

Skemtun se reclinó en la silla y relajó la mente mientras esperaba la cena. A su alrededor la gente charlaba y reía. Una animada canción surgió de una mesa cercana, y un entusiasta grupo de enanos se puso en pie para cantar, balanceándose adelante y atrás mientras gritaba la letra. Skemtun sonrió y comenzó a silbar. Era una vieja melodía, el tributo de un bardo a un amor perdido. La había oído miles de veces.

Más y más enanos se levantaron a cantar, y algunos incluso se subieron a su mesa. Pronto todo el salón estaba cantando.

El rostro de mi bella dama,
Veo en el cielo noche y día
Sus ojos hechizan mi alma,
Hace tres lunas aún vivía
Fuerte la abracé, y amor eterno juré
Pero ese verano pasó, ella murió, todo acabó
En el cielo te buscaré, aún te veré, si tengo fe
Ay, oooh… el viento te llevó.

Skemtun sintió unas lágrimas asomando en sus ojos, y se las secó. La tabernera reapareció minutos después, transportando unos platos de carne y setas recién salidos del horno y aún humeantes. Aquellos manjares eran una visión muy bienvenida.

La muchacha le sirvió los platos y una jarra de cerveza. Skemtun se frotó las manos, aspirando el delicioso aroma. "Gracias, amiga, esto parece delicioso. Sabroso y calientito".

Levantando la tapa de la jarra, tomó un largo trago y la fría cerveza bajó por su garganta formando un espumoso torrente. "¡Por Golka, esto está bueno!", dijo, limpiándose la espuma de la barba con el dorso de la mano.

"¡Och, cómo disfrutas! ¡De verdad estabas muerto de sed!", observó afablemente la chica.

"Sí", asintió él. "Siempre disfruto de la buena comida y bebida, ¡sobre todo si no tengo que cocinarla yo!"

Ella sonrió de nuevo. "¿Deseas algo más?"

"Sólo que siga corriendo la cerveza, amiga. En cuanto veas que me estoy quedando vacío, tráeme otra ronda".

Ella asintió. "De acuerdo, pues. Que disfrute su cena", le dijo, y se fue a atender al siguiente cliente hambriento.

Skemtun sacó un afilado cuchillo de su cinturón y se lo frotó en la manga. Luego cortó un grueso trozo de carne, lo mojó en salsa y dio un bocado. Le pareció tan bueno que apenas lo masticó. Con cada delicioso bocado, comenzó a sentirse mejor.

Silenciosamente terminó con su último bocado, dio otro trago a la cerveza y apartó de sí el plato vacío. Se sentía mucho mejor tras la comida; en paz, de cierta forma. Empezó a tararear una alegre melodía.

Skemtun paseó la vista perezosamente por la enorme estancia. En una de las esquinas más oscuras del salón, pudo ver a un humano de alta estatura junto a una chimenea, mirando fijamente hacia él. Estaba de pie, con los hombros erguidos y las manos a la espalda. Su rostro era difícil de distinguir, iluminado solo por la tenue luz del fuego.

Las miradas de ambos se cruzaron durante unos segundos, hasta que el enano apartó la vista. No se sentía con energía para tratar con humanos en ese momento. Sin embargo, el hombre empezó a caminar directamente hacia él. Skemtun contuvo la respiración. *¿Qué quiere esa persona?* El forastero se acercaba más y más, y Skemtun deseaba que simplemente pasara de largo, como si él no estuviera ahí. Los humanos siempre traían problemas.

Pero no pasó de largo. El forastero se detuvo detrás de Skemtun, le tocó el hombro y le dirigió la palabra. "Disculpe. Lamento interrumpir su comida, pero debo hablar con usted. ¿Dónde podemos conversar?"

Skemtun examinó al humano. Vestía una gruesa capa con una capucha que le cubría ligeramente el rostro. Era alto, de cabello largo y rizado que le asomaba por la caperuza. Skemtun frunció el ceño. Realmente no necesitaba aquello ese día, ya era suficientemente duro cumplir con su trabajo y completar los largos turnos, pero decidió ser educado. "Bueno, vecino, siéntete libre de coger un taburete y tomar asiento".

"Aquí no, por favor. Hablemos en privado", replicó el humano. Las líneas que enmarcaban su boca se endurecieron, haciendo más seria su expresión.

Skemtun volvió a examinarlo. Transcurrieron unos tensos momentos. "Entonces... ¿lo conozco?", preguntó, mirándole el rostro. No le parecía familiar.

"No, no creo que nos hayamos visto nunca".

Skemtun se revolvió en su asiento. "¿Eres mercader?", preguntó ladeando ligeramente la cabeza. El hombre tenía la piel oscura de un comerciante gitano. No era un rasgo raro en aquellas tierras, pues los gitanos atravesaban frecuentemente el reino de los enanos con la esperanza de venderles sus productos.

"Porque no está permitido negociar aquí. Las reglas pa' comerciar son estrictas, están puestas justo frente a las puertas. Si quiere consultarme sobre el comercio con metales, tendrá que concertar una cita durante la jornada laboral".

El hombre negó con la cabeza. "Mire, amigo, no estoy tratando de venderle nada, solo quiero hablar".

Skemtun arqueó las cejas. "¿Sobre qué?" Empezó a juguetear nerviosamente con el cuchillo. La posición del forastero, de pie frente a él como una torre humana, estaba poniéndolo nervioso.

"No le puedo dar detalles, pero es muy importante que hablemos".

Skemtun fingió desinterés y trató de ahuyentar al extraño con un gesto de la mano. "Mire, estoy seguro de que esto puede esperar hasta mañana. Estaba reposando mi cena tranquilamente y viene aquí a molestarme. ¡Váyase, *por favor*! Quiero estar solo".

Skemtun miró hacia otro lado, y aunque el forastero no dijo nada, podía sentir su mirada clavada sobre él. El hombre cruzó los brazos, sin moverse un centímetro de donde estaba, y dijo: "¡He hecho un largo viaje, *Skemtun Shalecarver*! Aunque tengamos que pasar aquí toda la noche, no pienso irme hasta que hables conmigo". Luego se inclinó para decir algo al oído a Skemtun, cuyo cuerpo se tensó: "Me envían los magos de la Ciudad de Cristal".

El enano se quedó boquiabierto, y volvió a revolverse en la silla. "¿Te envía *Miklagard*? ¿El Alto Consejo de Miklagard?"

"¡Ssssh! Baja la maldita voz, ¿de acuerdo?" El forastero miró nerviosamente alrededor de la sala. Su paciencia estaba agotándose, y agarró a Skemtun por el hombro, obligándole a levantarse de la silla. "¿Y bien?"

Olvidando su cansancio, el líder de los Marretaela le respondió con un ronco susurro. "De acuerdo, de acuerdo... sígueme". No estaba seguro de qué se trataba todo esto, pero si este hombre estaba diciendo la verdad sobre quién lo enviaba, no podía ignorarlo".

Skemtun se puso en marcha, pero esto no pasó inadvertido para las mesas contiguas. Un enano le gritó: "¡Eh, a dónde vas, Skemtun! ¡Quédate un rato más!" Otro exclamó: "¡Eso, la noche acaba de empezar! ¡No seas aguafiestas, viejo!"

Skemtun abrió la boca para responder, pero luego lo pensó mejor. Si trataba de discutir, sus amigos solo insistirían más para que se quedara, lo cual era una opción muy tentadora.

Decidió que lo mejor era ignorarlos y se dirigió hacia la salida, seguido por el forastero. Una vez fuera, miró a su alrededor para asegurarse de que no los seguían, y luego giró para meterse por un oscuro corredor. Ambos recorrieron el pasillo, ascendieron una larga escalera en espiral y doblaron una esquina, cruzando luego un pequeño paso elevado. Tras pasar por encima de una gran tubería metálica, se encontraron frente a la entrada de un estrecho y oscuro túnel.

Skemtun se detuvo para encender una vela en la pared. "Aquí arriba siempre está oscuro, no hay antorchas en esta zona".

El túnel solo tenía unos palmos de ancho, y el forastero tuvo que caminar de lado como un cangrejo para poder avanzar por él. Al final del mismo había una cueva mucho más grande, llena hasta el techo de cajones vacíos. El arco de la entrada estaba decorado con piedras pulidas de distintos tamaños y colores, las cuales tenían pequeñas runas grabadas en su superficie. "Antes almacenábamos grano aquí", dijo Skemtun, "pero agotamos todas las reservas. Hace tiempo que no hay excedentes para almacenar".

Skemtun apartó una piel de animal que cubría la puerta. "Hablaremos aquí", dijo, señalando hacia la estancia. Aún podía oírse lejanamente la música que subía desde el gran salón.

Era un espacio pequeño, lleno de olor a moho. "Espera un segundo, voy a prender este quinqué". Skemtun fue hacia una mesa y tomó una esfera polvorienta llena de un aceitoso líquido amarillo. Tocó la chamuscada mecha del interior con la llama de su vela y hubo un resplandor. La llama chisporroteó y se estabilizó.

El hombre volvió a correr la piel de la entrada y penetró en la sala. "¿Es seguro hablar aquí?", preguntó, inspeccionando la estancia. La tenue llama revelaba cuatro taburetes y una sencilla mesa de madera.

"Tan seguro como en cualquier parte de esta montaña", dijo Skemtun, señalando a una pared con la cabeza. "Hoy en día hay espías por todas partes".

Ambos se sentaron. El forastero se echó la capucha hacia atrás, y al inclinarse en la mesa su rostro quedó iluminado por la vacilante luz del quinqué, que reveló unas profundas cicatrices en ambas mejillas. El hombre cruzó los brazos y se quedó esperando, mirando fijamente a Skemtun con unos serenos ojos grises.

El enano le señaló el rostro. "Esas cicatrices de tu cara, las he visto antes. Las hizo el cuchillo de un esclavista, ¿verdad? Ahora estoy *seguro* de que nunca nos hemos visto, habría recordado esas marcas".

El extranjero asintió lentamente. "Sí. Son marcas de un mercader de carne. Hace mucho tiempo fui esclavo, me capturaron cuando era niño. Logré escapar de mis amos siendo un adolescente".

Skemtun parecía sorprendido. "¿Cómo escapaste? Los esclavistas suelen ser despiadados".

El hombre desvió la mirada. Era obvio que el asunto le resultaba incómodo, pero finalmente habló. "Me pegaban a diario, como si fuera un animal, y llegó un punto en que no podía aguantarlo más. Le robé dinero a mi amo y tuve la suerte de lograr huir hacia el desierto", explicó. "Todo eso está en el pasado. Hace una vida de ello", concluyó en tono tranquilo.

Skemtun se quedó pensativo un momento, antes de abordar el asunto principal. "Bueno, ahora que estás aquí, ¿quién eres, y qué quieres de mí?"

"Me llamo Kathir, soy... una especie de mercenario. Un soldado a sueldo. Llevo varios años trabajando para Miklagard". Se abrió la camisa, dejando ver su cuello sin tatuajes. "Pero no soy un cazarrecompensas, no me gusta que me relacionen con esa gentuza".

Skemtun se calmó un poco tras ver aquello. Ahora

sentía más curiosidad que miedo. "¿Qué quieren de mí? Pero no me mientas. No podrás engañarme, soy bueno leyendo a la gente". Eso no era exactamente cierto. La verdad era que era terrible para leer a la gente; era la razón principal del apuro en el que se encontraban ahora, pero el extraño no lo sabría.

"No te mentí cuando te dije por qué he venido aquí. El Alto Consejo me contrató para venir a verte. Miklagard está muy preocupada por tu seguridad y bienestar".

Skemtun negó con la cabeza, desconcertado. ¿Pero por qué? ¿Qué puede querer el Alto Consejo de mí? Nunca he hablado con ellos".

"Bolrakei y tú sois los únicos líderes de clan supervivientes del Monte Velik. Vuestro rey está al borde de la muerte. Como dijiste, hay espías en todas partes, y el Alto Consejo tiene sus propios espías aquí, como probablemente habrás adivinado. Miklagard piensa que tu vida es lo bastante importante como para salvaguardarla, así que me enviaron aquí para protegerte, y también para mandarte un aviso que debes transmitir a tu gente".

Skemtun hizo un gesto de desdén. "El Rey Hergung aún no ha muerto. Y yo puedo cuidarme solo, soy muy buen luchador".

Los labios de Kathir se crisparon. "La mala salud de tu rey ni siquiera es la peor noticia, hay más: una amenaza militar se ha cristalizado contra los enanos en el oeste. Los orcos planean invadir el Monte Velik antes del invierno, su rey tiene un gran deseo de apoderarse de este territorio. Si los pieles verdes inician su campaña de guerra ahora, os pillarán desprevenidos, destruirán a tu pueblo".

Skemtun se mostró escéptico. "Sí, he oído algunos rumores, pero nada serio. Los orcos no podrían atacarnos ahora. No tienen suficientes guerreros".

El gesto de Kathir se endureció. "Estás equivocado. ¡No son solo rumores! La amenaza es real, y se encuentra muy cerca. El ataque de los orcos ya es cosa segura. Y no creas que será como sus anteriores invasiones, este ejército tiene más efectivos de los que nunca podrías imaginar".

"¿Tienes alguna prueba? ¿Cuál es la fuente de esta información?"

"Los informes de Miklagard son totalmente fiables".

Skemtun se echó hacia atrás y unió los dedos de frente a su rostro. "Necesito más pruebas que *eso* para llevar esta historia ante el consejo enano, no puedo causar el pánico basándome solo en tu palabra. ¡Ni siquiera te conozco!"

"No puedes quedarte cruzado de brazos, ¡debes advertir a los demás clanes! El consejo enano no escucha a extranjeros, no me harán caso ni a mí ni a la Ciudad de Cristal, eso lo tengo claro".

Skemtun abrió los brazos en señal de queja. "Bueno, ¿y qué puedo hacer yo solo? ¿Por qué iban a escucharme a mí?"

"Eres un líder de clan. Tienes influencias. Puedes prevenir al consejo y hacer que tu gente se prepare para la guerra".

Skemtun abrió los ojos de par en par. "¿Prepararse

para la guerra? ¿Basándose en *un rumor*? ¡No puedo hacer eso! Hundiría la moral de la montaña, especialmente después de todo lo que ha pasado".

La mirada de Kathir se entrecerró. "Te niegas por simple obstinación. O quizá tengas miedo. Una advertencia a tiempo puede salvar este reino, piensa en tu pueblo".

Skemtun seguía sintiéndose muy incómodo. No le gustaba la forma en que se desenvolvía esta conversación. "Mira, tal vez lo que estás diciendo sea cierto y haya algún peligro, pero no puedo exponerme de ese modo. ¡Si voy al consejo hablándoles de amenazas de guerra sin ninguna prueba, pensarán que estoy loco! No harán nada ante una amenaza tan difusa. Las cosas van mal en este momento porque no tenemos suficientes trabajadores. Lo único que le preocupa al consejo hoy día es la marcha de los Vardmiter. Aún siguen dándole vueltas a ese asunto".

"No hay nada más importante que lo que te estoy contando", insistió Kathir. "Esto no son *amenazas difusas*, Skemtun. Tu consejo debe prestar atención, y debe hacerlo ya. La guerra con los orcos es inminente".

Skemtun alzó la palma de su mano. "Si los orcos no están avanzando ahora mismo hacia aquí, tales palabras me parecen prematuras. Tienes que entender cómo funcionan las cosas aquí, esto no es como los reinos humanos. Los enanos no tomamos decisiones rápidas, incluso cuando todo el mundo nos lo exige. Nos gusta *deliberar* las cosas".

"Pues deliberad más rápido. Para cuando los orcos

inicien su marcha, será demasiado tarde para que os preparéis".

El enano negó con la cabeza. "Los orcos siempre han sido una amenaza para nosotros, y siempre lo serán. Si atacan, encontraremos una forma de salir adelante, como siempre lo hemos hecho". Skemtun estaba empezando a irritarse por su pequeña discusión. No estaba dispuesto a hacer el ridículo ante el consejo, especialmente ante unos rumores traídos por un forastero humano.

Tras hacer una pausa, Kathir decidió usar otro enfoque. "No estás siendo totalmente sincero contigo mismo, ¿verdad? Las cosas son muy distintas a como eran en el pasado".

Skemtun se envaró en su asiento.

Kathir vio que había tocado un punto débil, y continuó. "El Monte Velik se encuentra en una posición más precaria ahora, ¿no es cierto? Vuestra población se ha reducido a la mitad. Cuando los Vardmiter se fueron, se llevaron a miles de enanos fuertes con ellos. ¿Cómo vais a combatir a los ejércitos orcos con solo la mitad de vuestros efectivos?".

El enano dio un bufido. "¡Bah! ¡Los Vardmiter! No los necesitamos para derrotar a un puñado de pieles verdes. ¡Nos las arreglamos bien sin esos cretinos!"

Kathir siguió presionándolo. "Si os va tan bien sin ellos, ¿por qué te irritas tanto con solo oír mencionarlos?"

Skemtun resopló y cruzó los brazos. "¡No me irrito! Estamos saliendo adelante. Además, esos chaqueteros tampoco nos servirían para nada. No valen un pimiento como soldados".

"¿Estás seguro de eso? Vuestros líderes han menospreciado constantemente la fuerza y resistencia de los Vardmiter. Sus hombres podrían ser entrenados para luchar. Pareces creer que por el hecho de tener un puñado de buenos soldados podréis ganar, pero si la guerra llega hasta vuestras puertas estaréis en gran desventaja sin su ayuda".

"¡Ná, eso no son más que idioteces! Los Vardmiter no tienen ni un soldado capacitado. Nosotros tenemos montones de ellos, ¡montones! Puedes creerme, no los necesitamos. Estamos perfectamente bien sin ellos".

"Eso no es cierto. Puede que carezcan de recursos, pero son muy laboriosos y pueden sobrevivir en condiciones muy duras. El Monte Velik está considerablemente en desventaja sin ellos. Acaso... ¿No han conseguido incluso su propia hechicera, que les atiende por propia voluntad?"

Skemtun tosió y se aclaró la garganta. "Bueno... sí", admitió. "Tienen *una* hechicera. Se llama Mugla. Pero es muy vieja, probablemente está senil. ¡Y basta ya de esto! No quiero hablar más de ellos, son una panda de traidores".

"Visité Highport hace poco, fueron muy amables conmigo cuando estuve ahí. Utan me describió el horrible trato que recibían aquí. ¿A quién puede extrañar que se fueran?"

Skemtun frunció el ceño y se mordió el labio. Realmente no quería hablar de aquello, pero logró reprimir su creciente ira e intentó nuevamente cambiar de tema. "Si los orcos atacan, defenderemos la montaña. Nuestros guerreros son fuertes y somos suficientes para pelear contra los pieles verdes".

"Tener unos cuantos guerreros preparados no será suficiente. Vuestros clanes tienen un problema aún mayor que la amenaza de la guerra, y es el conflicto interno. ¿Cómo podéis defender el reino contra un ataque externo en medio de tanto disturbio civil? Vuestras disputas ponen en riesgo la seguridad de toda la costa Este. Por eso me han enviado aquí, para advertir al consejo y a los clanes".

"¡Te repito que somos lo bastante fuertes para derrotar a los orcos!", insistió Skemtun con los brazos firmemente cruzados. "Tenemos suficientes guerreros".

"Quizá sí y quizá no. ¿Qué pasa si no lográis poneros de acuerdo para la defensa? ¿Qué pasaría si otro clan abandonara el Monte Velik? Entonces será imposible proteger esta montaña contra cualquier ataque, no digamos si es de orcos. El reino está en su situación más vulnerable desde hace siglos".

"Mira, sigo sin entender cómo nuestros problemas afectan a Miklagard. ¿Qué le importa a los magos blancos la política de los enanos?"

Kathir suspiró, haciendo un gesto de hastío. "¿En serio no lo entiendes? Los orcos están multiplicándose como conejos. Antiguamente limitaban su propia población organizando bárbaros duelos a muerte, pero el Rey Nar los ha prohibido. Su número se ha disparado, y ahora buscan nuevas tierras qué conquistar. Ahora mismo están poniendo a prueba los límites de su territorio, los jinetes de dragón acabaron con varias pequeñas hordas que trataban de cruzar la frontera norte del desierto. Están ansiosos por la guerra, y si el Monte Velik cae, los pieles verdes contarán con una base estable desde la que controlarán el este. Una vez que eso ocurra, marcharán hacia la capital. Morholt está fuertemente fortificada, pero no hay forma de que pueda resistir el asalto del gran ejército orco. Y si conquistan Morholt, será solo cuestión de tiempo que Parthos caiga también. Los orcos podrían esparcirse por todo el continente. Pero para lograrlo deben conquistar el Monte Velik primero, y lo saben".

Skemtun se derrumbó sobre su taburete, resignado. Bajo la atenta mirada de Kathir, empezó a entender lo plausible de aquel horrible escenario. Por primera vez desde el inicio de la conversación, empezó a preocuparse realmente.

"Puede que tengas razón".

"Sí, la tengo", dijo Kathir, asintiendo. "Es una amenaza muy real. Los orcos siempre han deseado esta montaña, pero sus anteriores líderes eran demasiado sanguinarios o estúpidos para llevar a sus ejércitos a la victoria. El Rey Nar es diferente, un líder inteligente y calculador. Eso son malas noticias para el resto de las razas mortales, pero especialmente terribles para la tuya".

Skemtun alzó las manos. "¡De acuerdo! ¡Admito que las cosas están mal! ¿Pero qué puedo hacer yo? No soy un líder influyente. ¿Cómo puedo convencer al consejo?"

"Empieza por hablar con ellos. Adviérteles del inminente peligro. Miklagard espera que seas la voz de la razón, que harás llegar esta vital información al consejo. Y que una vez que la conozcan, actuarán antes de que sea demasiado tarde".

"¿Pero por qué yo? Ha de haber alguien más adecuado". Su voz estaba llena de ansiedad.

"Hemos venido a ti primero porque *no había nadie más* a quién acudir. Utan se marchó con sus Vardmiter y a Bolrakei no le importa nadie más que sí misma. En cuanto a Hergung, está demasiado enfermo para hacer nada, mucho menos liderar a vuestros clanes en la batalla. ¿A quién más le podríamos confiar esta información? ¿Comprendes ahora?"

El labio inferior de Skemtun empezó a temblar. Parecía derrotado. "Sí", dijo en voz baja. "Comprendo. Hablaré con las demás familias, quizá me escuchen".

"Esa es nuestra esperanza. Miklagard lleva mucho tiempo observando la situación del Monte Velik. Hergung se encuentra en un estado lamentable y no tiene ningún sucesor apto. Cuando muera, los enanos necesitarán un nuevo líder, y Miklagard apoya tu candidatura al trono".

Skemtun soltó una amarga carcajada. "¡Ja ja ja! Eso no va a ocurrir. Bolrakei es muy popular entre los clanes, y se muere por ser reina. Esa bruja avarienta es la primera de la lista, puedes apostar por ello".

Kathir negó con la cabeza. "Bolrakei es demasiado ambiciosa e irresponsable para ser reina, no le importa el bienestar de su pueblo a menos que también engorde sus arcas. No es que esto sea un gran secreto,

Skemtun".

"Bueno, no debemos preocuparnos de eso por ahora. Hergung puede tener mala salud, pero mientras esté vivo seguirá siendo mi rey. Aún le quedan unos cuantos veranos por vivir".

"¿Realmente crees eso?", dijo Kathir con aire escéptico. "¿Eso es lo que los médicos os han contado, que le queda mucho tiempo de vida?"

"Sí, ¿por qué? ¿Qué *sabéis* vosotros?", preguntó Skemtun, inclinándose hacia delante.

"Al parecer Miklagard tiene una información más precisa, ya habrás adivinado porque".

Una preocupación desconcertada se dibujó en la frente del enano. "Sí, no puedo decir que me sorprenda. Por eso es que al consejo enano no le gustan los extranjeros. Todo el mundo quiere meter la nariz en nuestros asuntos: los humanos, los elfos... ¡incluso los balboritas! La asesina que atacó al rey estuvo a punto de matarlo, y yo mismo tengo suerte de estar vivo".

"Hablando de eso... otros dos líderes de clan murieron ese día. ¿Por qué no se ha elegido a nadie para reemplazarlos? Ya han pasado cinco años".

Skemtun se encogió de hombros. "Cinco años no son mucho tiempo para nosotros, tenemos vidas muy largas. Los clanes no son estúpidos, todo el mundo sabe que Hergung está enfermo, y están esperando antes de elegir nuevos líderes. Un líder de clan puede estar en el cargo durante cientos de años, nos gusta estar seguros de a quién escogemos".

"Bueno, dentro de poco escogeréis nuevos líderes

de clan, y también a un nuevo rey. Esa hora está más cerca de lo que crees. Y deberás ser muy precavido: tan pronto como Hergung muera, Bolrakei tratará de matarte. Tienes razón cuando dices que quiere ser reina; de hecho, lo desea tanto que no se arriesgará a que puedas ser escogido, aunque haya solo una pequeña posibilidad".

Skemtun sonrió amargamente. "Eso no es algo nuevo para mí, forastero. Bolrakei ya me ha amenazado muchas veces, me odia y quiere librarse de mí".

Se produjo un largo silencio, durante el que ambos reflexionaron. Skemtun se lamió los labios y miró a su interlocutor. "¿No puede ser que vuestros espías se equivoquen? El consejo dice que el rey vivirá al menos otro año".

Kathir negó con la cabeza. "No. Te están mintiendo. Hergung está en su lecho de muerte, no vivirá para ver la próxima luna llena. Es por eso que me enviaron aquí tan rápido".

El enano rio con nerviosismo. "Vamos, ya me he llevado bastantes sustos esta noche. Le quedan unas cuantas estaciones, unos meses en el peor de los casos. No días. Es imposible que esté tan enfermo".

Kathir volvió a negar. "¿Le has visto últimamente?"

Skemtun inclinó la cabeza. "Bueno, no, pero..."

"Vuestro rey ya no puede comer, caminar o siquiera hablar. Ha pasado el punto de no retorno, los médicos no pueden hacer nada por él. Las cosas en este reino van a cambiar, y antes de lo que nadie piensa".

En ese instante, como si una profecía se hubiera cumplido, el intenso sonido de un gong resonó por todo el Monte Velik, cortando el silencio de sus vastas cavernas como un cuchillo. Se escuchó una segunda vez, más fuerte y profundo que antes. Todos los habitantes de la montaña quedaron en sobrecogido silencio, conscientes de lo que significaba.

"¡No!", exclamó Skemtun, con el rostro demudado. "¡No puede ser! ¡No tan pronto!"

La expresión de Kathir se volvió aún más sombría que antes. "Me temo que así es".

El sonido se oyó por tercera y última vez. Era el gong de la muerte, el anuncio oficial de que el rey enano había fallecido. Skemtun hundió el rostro entre las manos. Estaba estremecido. "No, no..." Unas gruesas lágrimas corrieron desde sus mejillas hasta su barba.

Pronto un gran duelo se extendió por la montaña. El sonido de los numerosos llantos y lamentos rebotaba en las paredes de las cavernas, extendiéndose como un torrente.

Kathir puso su mano sobre el hombro tembloroso del viejo enano. "Lo siento mucho. Sé que no esperabas que ocurriera tan pronto, pero tu rey está muerto. Los clanes deben ahora escoger a su sucesor, y hasta que lo hagan estarás en constante peligro. Parece que no me iré del Monte Velik después de todo. Voy a quedarme aquí para protegerte. Soy tu nuevo guardaespaldas".

7. UN FUNERAL
INTERRUMPIDO

Los bueyes fueron seleccionados, la comida preparada y la camilla funeraria decorada con una multitud de flores. Desde la partida de las aves mensajeras, tres días atrás, se había producido un flujo constante de visitantes extranjeros. El Monte Velik se fue llenando progresivamente, y ahora sus cavernas estaban a rebosar. Los visitantes recién llegados se vieron forzados a alojarse en tiendas en el exterior.

El cuerpo del rey había sido conservado por los hechiceros enanos y permanecía en una cámara privada. Eran días inusualmente silenciosos en la montaña, con todos los sonidos normales de una populosa ciudad reducidos a su mínima expresión. El funeral iba a celebrarse esa noche, y Skemtun y Kathir estaban preparándose para la ceremonia.

Skemtun se lavó el pelo y rizó su larga barba con unos rulos metálicos calientes. Luego se puso una túnica larga de color gris y un elaborado cinturón. Kathir se atavió con una camisa larga de color negro y unos pantalones de piel. Ambos abrillantaron sus botas en silencio. Desde la ventana podían ver las multitudes agolpadas en los pisos inferiores.

"Es mejor que vayamos saliendo", dijo Skemtun. "Se está haciendo tarde, y ya estoy cansado de ver a tanto extranjero yendo y viniendo".

Kathir asintió, y ambos iniciaron su descenso hasta la puerta principal, donde se iniciaría la marcha funeraria. Al llegar abajo se situaron cerca de la cabecera de la fila, junto a la entrada. Eran privilegios de los jefes de clan. Poco después sonaron unos contenidos redobles de tambor, seguidos por cuernos de buey. De fondo se oían los llantos y susurros de los presentes.

La multitud congregada para la procesión no dejaba de crecer; la amplia fila se extendía hasta donde alcanzaba la vista, formando una enorme cola gris que serpenteaba por los corredores. Nuevos dolientes iban incorporándose a la parte trasera, en un lento goteo.

Kathir susurró al oído de Skemtun. "¿Quién encabezará la procesión, Bolrakei o tú?"

"Ambos tenemos permitido ir al frente con las banderas de nuestros clanes. Los demás clanes han escogido enanos para representarlos, pero tienen que ir detrás, por no ser líderes de clan oficiales. Cuando finalice el funeral se escogerá a un nuevo rey, y los clanes elegirán líderes también".

Por primera vez, la lógica circular de los enanos tuvo sentido para Kathir. Entonces se acordó de algo. "¿No tenía Hergung un hijo? ¿Qué ha sido de él?"

Skemtun asintió. "Es demasiado joven para tomar el trono, apenas tiene cuarenta años. A esa edad eres casi un niño en la escala enana. Si hubiera sido mayor lo habrían considerado para el puesto, pero los clanes no pueden esperar otros cincuenta años, así que escogerán a un rey entre los enanos de mayor rango. Solo miembros de las mejores familias serán considerados".

"Los enanos de mayor rango, lo cual por supuesto incluye a Bolrakei".

A Skemtun no le gustaba admitirlo, pero sabía que era inevitable. "Sí... es una mujer de alta cuna. La familia Shalevault es de la realeza. Es una candidata obvia".

"¿Qué hay de los Vardmiter? ¿Están invitados al funeral?"

"No", dijo Skemtun irritado. "Ya no son bienvenidos en el Monte Velik. ¿Por qué tienes que mencionarlos en una ocasión así?"

A pesar de sus reservas, Kathir insistió. "¿Pero por qué? ¿No era Hergung también su rey?"

El enano parecía afligido. "Mira, no quiero hablar de ellos en este momento. Después de todo lo que ha pasado no deberían acercarse por aquí, especialmente ahora, cuando todos se sienten tan mal".

"¿Y qué pasa si vienen algunos?"

Skemtun adoptó entonces un tono soberbio. "¡Ja! Ya lo hicieron. Enviaron ayer a dos emisarios andrajosos. Los guardias los reconocieron de inmediato, por sus pecas y su cabello rojo. Vinieron montados en burro, con una estúpida ofrenda y unas flores de papel. Los centinelas los pusieron en su sitio de inmediato: primero les dieron una buena zurra, y luego los echaron".

Kathir arqueó una ceja. "¿Pegarles simplemente porque vinieron e intentaron presentar sus respetos? ¿Les castigasteis por eso?"

Skemtun no dijo nada, pero se sentía ansioso, y acabó contestando. "Bueno, poniéndolo así, *claro* que suena mal".

"Suena mal se ponga como se ponga. Habéis actuado terriblemente en este caso. Los Vardmiter tienen derecho a estar aquí, Hergung era su rey también".

Skemtun no esperaba sentirse culpable, pero las acusatorias palabras de Kathir le resultaron punzantes. Quizá los Vardmiter no se habían merecido aquello. Pero, no obstante... ¡se habían ido! Pese a sus emociones encontradas, intentó sonreír. "Mira, quizá tengas razón y podamos hacer las paces con ellos algún día, pero no en este momento; aún hay demasiado resentimiento".

Kathir asintió y no volvió a sacar el asunto. Varios dolientes llegaron a la vía principal y empezaron a arrojar pétalos de flor junto a las puertas. Un círculo ceremonial había sido trazado en el suelo con tizas de vivos colores. En el centro del mismo había una estatua de Hergung, ataviado con una toga y sentado en un elaborado trono de bronce, sonriendo de manera distante e indiferente.

Skemtun estaba maravillado por el poco tiempo que había llevado esculpirla. O quizá había sido creada años antes, en previsión de aquel día.

Kathir trató de tocarla, y el enano le dio un manotazo. "¡Nadie puede tocar la estatua hasta el final de la ceremonia!", dijo riñéndolo en voz baja.

Kathir le lanzó una mirada irritada pero no dijo nada.

Diez porteadores, elegantemente vestidos de blanco, se congregaron junto a las puertas. Una campana sonó en la lejanía, y los ayudantes salieron corriendo, penetrando en una cámara superior.

La banda funeraria seguía tocando, y una melancólica balada ascendió por las cavernas, ahogando el resto de sonidos.

Como si hubiera sido su señal de entrada, Bolrakei apareció en el corredor principal, rodeada de sus consejeros. Era algo digno de ver. Se había negado a llevar los colores de luto, y en lugar de gris o blanco, su rollizo cuerpo estaba embutido en un brillante vestido verde, complementado con una capa dorada, decorada con plumas de pavo real.

Sus muñecas relucían con brazaletes de plata que tintineaban al caminar. Para completar el conjunto, había escogido un enorme tocado emplumado, del cual salían cintas de colores que le llegaban hasta la cintura.

Era el atuendo más chabacano que Skemtun había visto en su vida. Pero nadie dijo nada en voz alta, solo se quedaron mirando. No habría sido correcto maldecirla en una ocasión así.

Se oyó el largo y penetrante sonido de una trompeta, y la banda quedó en silencio.

Los porteadores descendieron de las cámaras reales, llevando la camilla funeraria hacia la expectante multitud de los niveles inferiores. Todo el mundo pudo ver el cuerpo claramente. El rey tenía las manos cruzadas, y su rostro mostraba una expresión de paz. Los hechiceros habían hecho un excelente trabajo cubriendo las cicatrices y manchas de su piel. Parecía que simplemente estuviera durmiendo.

Todo el mundo hizo ondear las banderas de sus clanes, moviéndose a un lado mientras los dos líderes de clan supervivientes se situaban al principio de la comitiva. Bolrakei y Skemtun se pusieron uno al lado del otro, evitando discutir por una vez. Skemtun dio una ojeada a la multitud; Kathir mantenía una respetuosa distancia, pero aún estaba a la vista. Otros cuatro enanos se adelantaron para representar a los clanes restantes, pero permanecieron algo más retrasados, tras el cuerpo del rey.

Alzando la bandera de su clan, Skemtun dio un paso adelante. Las puertas principales se abrieron, y el cuerpo del rey fue transportado al exterior, siendo depositado inmediatamente en el suelo para pronunciar una oración. Skemtun miró con desprecio a Bolrakei, que saludaba con entusiasmo a los congregados en el exterior, como si estuviera en un desfile de carnaval.

Se dio cuenta de lo bien que le venía tener a Kathir a su lado. Le había costado acostumbrarse a su constante presencia, pero ahora agradecía la protección adicional. *¡Especialmente con este pavo real pululando cerca!*

El jefe de hechiceros, un enano ancianísimo ataviado con una toga negra, se aproximó al cuerpo, entonando un cántico compuesto en una antigua lengua. Su boca formaba una sombría curva descendente. Skemtun reconoció algunas palabras aquí y allá, pero por lo demás no entendía lo que decía. *De todos modos no es más que vieja cháchara de brujos.*

Tras finalizar el cántico, el mago sacó una estatuilla de su toga, y la multitud quedó en silencio. La figura empezó a brillar, y el hechicero la colocó entre las manos de Hergung. Después, arrodillándose junto al cuerpo, presionó la frente del rey con dos dedos, dejando dos manchas de ceniza sobre la misma. Tras pronunciar una última oración, el anciano esparció sobre la camilla un puñado de tierra, que desapareció entre las flores y demás ofrendas.

A continuación, tomando una humeante urna metálica llena de incienso y hierbas medicinales, el mago dio tres vueltas alrededor de la camilla. Después se situó tras la misma y alzó sus manos hacia los cielos. "¡Regresa a la tierra, querido rey! ¡Sumérgete en tu último sueño, llevando mi bendición sobre tu nombre! ¡Adiós! ¡Adiós!"

"¡Adiós! ¡Adiós!", repitió la multitud.

"Descansa en paz por toda la eternidad", dijo el hechicero.

Una vez más, la muchedumbre repitió sus palabras: "¡Por toda la eternidad! ¡Oh, por toda la eternidad!"

El incensario despedía una intensa fragancia que enmascaraba cualquier olor emitido por el cuerpo. El sol ya estaba alto cuando la camilla fue colocada en su carruaje y enganchada a los bueyes. Unos asistentes se situaron a los lados, llevando varas de sauce para espolear a los animales.

La procesión oficial dio comienzo tras el mediodía, en las arboledas del exterior de las puertas. La multitud inició lentamente la marcha ritual, con Skemtun y Bolrakei al frente. Él, volvió a desear tener a otra persona a su lado; a cualquiera menos ella. Skemtun miró hacia atrás. Centenares de enanos los seguían, rezando, cantando y llorando.

El enano inspiró profundamente. El aire de los bosques circundantes era cálido, y estaba cargado del suave perfume de los árboles en flor. No había ninguna nube en el cielo, sus ropajes y el sol intensificaban más el calor. En comparación con la relativa frescura de las cavernas enanas, aquel calor del exterior resultaba bastante incómodo.

Skemtun sacó un pañuelo de un bolsillo y se limpió el sudor de la frente, deseando que la procesión se moviera más rápido. Las oraciones habían consumido mucho tiempo. Si permanecían bajo ese calor, quizá necesitarían oficiarse algunos funerales adicionales. Y no era el único que se sentía incómodo: el sudor corría por las frentes de muchos de los asistentes. Bolrakei se abanicaba con la mano su rechoncha cara, que había adquirido un intenso color rojo. Parecía al borde del desmayo.

Había miles de pétalos de flor de sauce flotando en el aire. Era una época del año rara para ello, así que Skemtun no sabía si tenían un origen natural o si eran algo que los hechiceros habían añadido a la ceremonia. Los pequeños pétalos, que caían sobre la multitud como copos de nieve, hacían estornudar a muchos de los enanos.

Los dolientes alcanzaron el sendero rocoso que circundaba la montaña. Skemtun resoplaba, sudando aún más profusamente tras iniciar el ascenso por la pendiente. La procesión se dirigía hacia la caldera, un recorrido que duraría varias horas y que finalizaría durante el crepúsculo. Una doble fila de antorchas de aceite flanqueaba los límites del sendero. Permanecerían encendidas hasta la noche, cuando la procesión se diera la vuelta para descender la montaña.

Skemtun seguía caminando. El camino iba haciéndose más duro, y la gente estaba empezando a tambalearse. Todo el mundo tenía calor y se sentía cansado. A medida que ascendían por la montaña, se encontraban algunos puntos del camino parcialmente cubiertos por rocas, y la gente debía formar una estrecha fila para poder pasar. La marcha se hizo más lenta, y Bolrakei empezó a maldecir en voz baja.

Había agujeros y puntos sin pavimentar por todas partes, y en otros sitios habían crecido las malas hierbas. En los peores tramos se tuvieron que colocar tablones de madera bajo las ruedas del carruaje para que este pudiera seguir avanzando. Los caminos habían sido descuidados y se habían vuelto más peligrosos con el tiempo, pero el problema había sido relativamente fácil de ignorar... hasta entonces.

Era otro recordatorio del trabajo que había quedado desatendido tras la marcha de los Vardmiter. La procesión se fue moviendo más y más lentamente, hasta que el carruaje se detuvo por completo, incapaz de avanzar debido a una gran piedra que bloqueaba el sendero.

Unos ayudantes subieron rápidamente por el camino, buscando alguna forma de eliminar el obstáculo. Pero aquello no era suficiente para Bolrakei, que para entonces ya estaba furibunda.

"¡¿Por qué no se despejó este camino antes de que comenzara la procesión?!"

Skemtun trató de ignorar su exabrupto. Estaban en un funeral, y no era el momento adecuado para pendencias, pero pronto otros enanos empezaron a mostrar su descontento y a reñir entre ellos. De algún modo, aquello se convirtió en una competición de gritos e insultos crecientes. La banda dejó de tocar. La multitud detrás de ellos murmuraba enojada, y los niños lloraban, abrumados por el calor y el ruido.

Skemtun cruzó la mirada con Kathir, que se encontraba unos metros más atrás. Ambos estaban pensando lo mismo: la ceremonia era un desastre. *Si esto continúa así, al final ocurrirá una desgracia.*

Bolrakei continuaba gritando. "¡¿Por qué no se arregló esto ayer?! ¡¿Cómo se supone que vamos a avanzar?! ¡Esto es indignante!" Luego señaló acusadoramente a Skemtun. "¡Era *tu trabajo* arreglar esto!"

"¡Limpiar los caminos no es mi responsabilidad!", respondió él, molesto.

"¡¿Entonces de quién es?!", chilló ella. "¡Nadie me dijo nunca que había que despejar los caminos!"

"Esa es una buena pregunta", dijo Skemtun lleno de

sarcasmo. "¡Quizá deberías limpiarlas tú! ¡Tu clan es *el más vago* de todo el reino!"

Bolrakei resopló, iracunda. "¡¿Qué acabas de decirme?! ¡¿Cómo te atreves a insultarme de esa manera?!" Agitó la cabeza violentamente y perdió su ostentoso tocado, que fue a parar al suelo, convertido en un revoltijo de borlas y plumas. Viendo que aquello se salía de control, Skemtun trató de calmar a la multitud, mientras Bolrakei protestaba indignada por la pérdida de su ornamento.

En ese momento, un estallido de luz inundó el cielo. Skemtun cerró los ojos, y luego, entreabriéndolos, miró hacia arriba tapándose el rostro. Un rugido ensordecedor hizo temblar la tierra bajo sus pies. La gente se arrojó al suelo, llevándose las manos a la cabeza.

Un enorme dragón blanco volaba en círculo sobre ellos, el más grande que había visto nunca. La multitud gritaba aterrada.

Poco después apareció otro dragón, una hembra más pequeña, con cicatrices en ambas alas. Se trataba de Brinsop, la dragona carneliana, montada por Sela, la líder de los jinetes de dragón. El colosal dragón blanco era Nydeired, sobre el cual iba su jinete Elías Dorgumir.

Nydeired descendió lentamente hacia los enanos. Sus alas eran tan grandes que parecía estar bajando en cámara lenta. No había espacio para él en el sendero, así que se alejó y aterrizó un poco más arriba. Cuando sus pies tocaron tierra, el suelo tembló ligeramente.

Brinsop aterrizó algo más cerca de la gente. Bajando de su lomo, Sela caminó hacia a los enanos.

Bolrakei suavizó su expresión y esbozó una helada sonrisa. "¡Vaya, hola, jinete de dragón! Gracias por acudir al funeral. Agradecemos tu presencia en este momento tan difícil".

Sela colocó sus manos en la cadera y frunció el ceño. "Ahórrate tus fatuas cortesías, Bolrakei. Los clanes pueden haberte restituido en tu cargo, pero no he olvidado tu traición hacia los jinetes de dragón y hacia tu pueblo. Tus actos no han sido olvidados".

Bolrakei borró la falsa sonrisa. "¿Qué haces aquí entonces? ¡Desde luego no recuerdo haberte invitado!"

Sela parecía dispuesta a golpearla, y Skemtun la habría aplaudido por ello. En lugar de eso, dijo: "Los jinetes de dragón están aquí porque es nuestro trabajo proteger a los habitantes de Durn. He venido a traeros esto". Sacando un pergamino de su cinturón, se lo dio al hechicero que estaba frente al carruaje. "Os habría entregado este mensaje antes, pero la única telépata enana es Mugla, y se fue del Monte Velik para vivir con los Vardmiter. No había forma de traéroslo más rápido".

El viejo mago sacó un par de gafas de un bolsillo y se las colocó cuidadosamente sobre la nariz. Luego desenrolló lentamente el papiro. Skemtun pudo darle un vistazo, pero no había nada escrito en él.

"Hay un pequeño encanto aquí", murmuró el anciano, y a continuación dijo *"Pārēre"*, pasando los dedos sobre el documento. El hechizo se disipó, y aparecieron las runas ocultas por el mismo. El mago estrechó los párpados, esforzándose por leer la pequeña letra.

Bolrakei arrugó la frente, pisoteando el suelo con impaciencia. Finalmente exclamó: "¡Habla, a qué estás esperando! ¿Qué dice el mensaje?"

El viejo brujo temblaba violentamente, con los ojos abiertos de par en par. Alzando su decrépito rostro, susurró: "No puedo creerlo... esto no puede estar pasando. ¡No ahora!"

"¿Qué? ¡¿Qué pasa?!", gritó Bolrakei. "¡No te quedes ahí pasmado, cuéntanos!" Como el anciano era incapaz de responder, le dio un manotazo, haciendo caer el pergamino al suelo. "¡¡Dinos algo, viejo chocho!!"

Finalmente, el mago pudo hablar, vacilantemente: "Los orcos se han puesto en marcha. Vienen hacia aquí, hacia el Monte Velik. Quieren invadir nuestra ciudad".

Un coro de gritos asustados surgió de la muchedumbre. Sela alzó las manos y se dirigió a ellos.

"¡Calmaos, por favor! Es cierto. Los pieles verdes interceptaron uno de vuestros anuncios funerales y el Rey Nar congregó a sus ejércitos ese mismo día. Los orcos vienen hacia aquí, y llegarán a vuestras puertas antes de la próxima luna llena. Lo lamento, pero la ceremonia debe finalizar ahora. En cuestión de semanas los pieles verdes estarán aquí, y el Monte Velik se encontrará bajo asedio".

"¡Es demasiado pronto!", chilló Bolrakei. "¡Estamos empezando a recuperarnos tras la marcha de esos malditos Vardmiter! ¡Nuestras tropas no están listas para el combate... no estamos preparados!"

Sela asintió. "La guerra se aproxima, os guste o no".

Skemtun miró a Sela, y luego a la asustada multitud a su espalda. Sus rostros reflejaban la alarma y el terror.

Es cierto, entonces. Los orcos estaban de camino. Skemtun no había querido creerlo, pero ahora ya no podía negarlo. "Tendremos que prepararnos", dijo en voz baja. "Queda muy poco tiempo, y no tenemos otra opción". Alzando su voz, se dirigió a la masa de enanos. "¡Escuchad, debemos darnos la vuelta! ¡Que todo el mundo vuelva a la montaña! ¡Los clanes deben estar listos para la batalla!"

8. LA FURIA DE UN AMIGO

Tallin se despertó en un lugar oscuro, tendido boca abajo. Se dio la vuelta y gimió. Tenía las muñecas y los tobillos atados con cuerdas, y la cabeza le ardía. Trató de aflojar las ligaduras y soltó una maldición; los nudos se habían apretado aún más, debido a un encantamiento élfico. Debía haber sabido que no sería tan fácil.

Hizo un esfuerzo por incorporarse, jadeando por el dolor que se extendía por sus miembros. Sentía punzadas en cada músculo del cuerpo, y lo más que podía hacer en ese momento era permanecer erguido.

Parpadeó en medio de la oscuridad. A medida que sus ojos se ajustaban a la misma, pudo ir distinguiendo mejor los alrededores. Se encontraba en una pequeña estancia con piso de madera. No había ningún mueble, tan solo unos cuantos cristales de luz incrustados en las paredes, los cuales emitían una luz roja muy tenue, que distorsionaba el color de todo. Trató de encontrar una puerta, pero no había ninguna, tan solo una estrecha abertura en el extremo más alejado de la habitación.

Alzando las manos para palparse el rostro, descubrió que tenía sangre coagulada junto a una oreja. *¿Cuánto tiempo llevo aquí?* Volvió a mirar alrededor, buscando otras opciones, pero la estancia estaba vacía. No había nada que pudiera usar para romper sus ataduras, ni vía alguna de escape.

"¡¿Hola?!", exclamó en la oscuridad. "¿Hay alguien ahí?"

Pudo oír a alguien refunfuñar y el sonido de unos ligeros pasos acercándose. Carnesîr y Fëanor entraron en la estancia.

"Bueno, mira quién ha despertado por fin", dijo Fëanor señalándolo. "Te has echado una buena siesta, *mestizo*, roncando durante días como un marrano con la tripa llena. Pensé que no ibas a despertar nunca. Un solo golpe y caíste como un saco de arena, los mortales sois criaturas muy frágiles".

"¡Desatadme, desgraciados!", dijo Tallin, pataleando con sus aprisionados pies. La soga se le iba hundiendo en los tobillos y muñecas, provocándole escozor en la piel. Cuanto más se resistía, más se ajustaban las ligaduras.

Una extraña luz parpadeaba en los ojos de Carnesîr. "No mortifiques al enano, Fëanor. Necesitamos que coopere".

Hablaban de él como si ni siquiera estuviera ahí. Tallin quería gritar y lanzarles mil maldiciones, pero se obligó a mantener la calma. Enfadarlos no le haría ningún bien. "¿Cooperar?", preguntó. "¿Qué os hace pensar que cooperaré con vosotros?"

Sonriendo gentilmente, Carnesîr dijo: "No nos fuerces la mano, enano. Ambos sabemos que no te voy a matar, aunque probablemente te lo mereces. Pero nada me impide utilizar métodos de interrogación creativos".

Tallin le miró y volvió a debatirse contra las cuerdas, encogiéndose de dolor cuando estas se estrecharon nuevamente.

"No te molestes en tratar de escapar", dijo Carnesîr, caminando lentamente alrededor de Tallin. "Las cuerdas están encantadas, como podrás suponer, yo mismo les hice el encantamiento. Créeme, no irás a ninguna parte hasta que te liberemos".

La mente del jinete empezaba a aclararse, y las cosas se hacían reales de nuevo. Volvió a dirigirse a sus captores. "¿Dónde estoy? ¿A dónde me habéis traído?"

"Seguimos en el mismo bosque, más o menos a una legua del Sauce Venerable. Fëanor es bastante hábil con los hechizos de naturaleza, así que construyó un refugio adecuado para ti. ¿No te parece un buen detalle? Esto es un árbol hueco que no estaba hueco hace unos días. Requirió mucha energía crearlo, deberías estar agradecido".

Lógica elfa, pensó Tallin. *Debería estar agradecido porque no me hayan matado.* Apoyándose en la pared, preguntó: "¿Y qué es lo que queréis?"

"Sólo un poco de información", dijo Carnesîr. "Cuéntanos lo que necesitamos saber y no tendremos ningún problema".

"¿Información sobre qué?"

Tallin se quedó callado por un momento y Fëanor

se le acercó con aire amenazante. "Mira, sabemos que nos escuchaste. Sabes muy bien de qué estamos hablando, no te hagas el tonto".

"No pienso hablar, no importa lo que me hagáis".

La voz de Carnesîr se volvió suave y meliflua. "Detestaría causarte dolor innecesario. Vamos... cuéntanos dónde está el nido de la dragona. Fuimos a verlo ayer y ya no estaba. ¿Dónde se lo ha llevado la hembra? Cuéntanoslo... Tan solo queremos ayudaros".

"Puedes olvidarte, mis labios están sellados", insistió Tallin. Sabía que probablemente no lo matarían, pero Carnesîr era un bastardo, y ciertamente podrían hacerle muchas cosas desagradables.

La sonrisa de Carnesîr se volvió más oscura, pero siguió intentando convencerlo. "Nuestro objetivo es ayudaros a proteger los huevos, ¡eso es todo! Piensa en el futuro de los dragones. ¿Por qué no cooperas con nosotros? Sé razonable, cuéntanos dónde están". Había envuelto un hechizo de compulsión alrededor de su propia voz.

Tallin podía sentir los zarcillos del encanto. Susurró un rápido hechizo de protección para mantener a raya la magia élfica. No duraría mucho, pero sería suficiente para alejarlos por un tiempo.

Tallin se quedó mirando al frente. En ese momento un intenso zumbido le asaltó los oídos, aumentando de volumen a cada segundo. Hizo una mueca de dolor. Afortunadamente sus hechizos de protección estaban funcionando, pero eso no lo protegería para siempre: llegaría un momento en que la presión sería demasiado grande y volvería a desmayarse. Intentar resistirse a los conjuros de manipulación de los elfos era extenuante, hasta el punto del dolor, cuando se encontraban cerca.

Carnesîr volvió a insistir, esta vez con una voz severa, como la de un maestro hablándole a un niño travieso. "¡No hagas esto más difícil! Podemos obligarte a contarnos cualquier cosa que deseemos saber, pero sinceramente, preferiría que hablaras por voluntad propia".

"No me importan vuestras preferencias", respondió Tallin. "Una vez que los jinetes de dragón sepan esto, serán *ellos* los que os pongan las cosas difíciles a *vosotros*".

El zumbido de sus oídos se intensificó aún más. Trataba de ignorarlo, pero parecía que la cabeza se le partiría en dos.

Fëanor suspiró exasperado. "¡Esto es ridículo! Por favor, recuérdame por qué estamos negociando con este enano". Clavándole un dedo en el pecho a Tallin, le exigió: "¡Dinos ya dónde están los huevos! ¡O te obligaremos a contárnoslo!"

El jinete miró a Fëanor burlonamente. "Desde luego puedes intentarlo, idiota arrogante. Atrévete. Pero no contengas la respiración, se me da bien resistir la magia élfica".

La sonrisa de Carnesîr desapareció. "Quizá, pero tenemos *mucha* determinación", dijo enfáticamente.

"Estoy seguro de que sí", respondió Tallin. "Por supuesto, siempre podrías matarme. Pero eso sería malo para las relaciones públicas, ¿no? Tu adorada reina probablemente no quiera iniciar una guerra con

Parthos por esto".

"Como quieras, pues. Haremos esto por las malas". Carnesîr alargó y colocó una mano sobre el hombro de Tallin, que cerró los ojos y se preparó para lo inevitable. Sabía que sería una muy mala experiencia, ¿pero hasta dónde estaban dispuestos realmente a llegar? Mientras sentía la magia empezando a surgir de Carnesîr, se escuchó un grito en el exterior.

Los elfos giraron la cabeza.

"¡Es la voz de Amandila!", gritó Fëanor, y ambos elfos corrieron afuera. Tirándose al suelo, Tallin logró serpentear hasta la entrada y se asomó al exterior.

Duskeye estaba allí, abriéndose paso violentamente entre los árboles escupiendo columnas de fuego y humo. El dragón balanceaba su enorme cabeza de un lado a otro, olisqueando el aire. *"¡Sé que Tallin está aquí! ¡¡Devolvedme a mi jinete!!"*, rugió.

Su destructor avance había dejado varios pequeños incendios tras de él. Abriendo las mandíbulas, lanzó un nuevo chorro de llamas a otro grupo de árboles, que ardió enviando una espesa columna de humo negro al cielo.

Amandila estaba refugiada tras un olmo gigante, desde el cual observaba al dragón con una aterrorizada mirada de conejo. Duskeye lanzó una columna de fuego en su dirección. "¡Ayudadme!", le gritó a los otros, asomando la cabeza un instante. Amandila no estaba usando magia para defenderse. Tallin supuso que estaba indecisa entre el deseo de protegerse y el de no herir a uno de los pocos dragones supervivientes.

Fëanor se adelantó para ayudarla, pero llegó demasiado tarde. Duskeye dio un fuerte rugido y escupió una llama espiral hacia Amandila, quien tuvo los reflejos suficientes para invocar un escudo a tiempo para bloquear el fuego, pero no para esquivar un fuerte coletazo del dragón. El golpe fue tan fuerte que salió despedida por el aire, estrellándose con un árbol y desplomándose en el suelo. Se quedó allí encogida en posición fetal, gimiendo lastimeramente.

Duskeye avanzó hacia ella, saltando sobre las raíces de los árboles con sus musculosas piernas. Al llegar donde estaba la elfa, exclamó con voz cavernosa: *"¡Siento la presencia de Tallin, mi piedra de dragón me indica que está aquí! ¿Dónde lo tenéis? ¡Dímelo ahora u os convertiré en brasas a todos!"*

Fëanor se adelantó alzando la palma de su mano, de la cual emanaba un resplandor. "Tranquilízate, amigo dragón. No deseamos hacerte daño". Unas pequeñas hebras de luz bailaban en las puntas de sus dedos. Su voz era melosa, seductora y persuasiva. El aire se impregnó de una fragancia dulzona.

Duskeye vaciló y retrocedió unos pasos; sus fosas nasales le palpitaban. Fëanor sonreía, susurrando suavemente pese a las llamas que arrasaban los árboles circundantes. "Sí, sí, soy tu amigo. Y me *obedecerás*".

El compañero de Tallin empezó a balancearse adelante y atrás, con los ojos vidriosos. Fëanor se acercó más y más, asintiendo lentamente, hasta quedar a unos pocos pasos del dragón, que estaba inmóvil y manso.

Inesperadamente Duskeye saltó sobre Fëanor. El elfo gritó aterrorizado, llevándose las manos al rostro. El dragón le aprisionó el cuello entre sus potentes garras. Con los ojos saliéndosele de las órbitas, el elfo podía sentir sus livianos huesos flexionándose por la presión, y se aferraba desesperadamente a una de las garras de Duskeye.

"¡Idiota! ¿Realmente pensabas que podrías seducirme tan fácilmente? Tus patéticos encantos élficos no tienen efecto sobre mí, ¡estoy protegido contra vuestros engaños!"

Fëanor se retorció unos segundos más, dio un fuerte jadeo y se quedó inmóvil. Con un vigoroso movimiento, Duskeye lanzó tan lejos como pudo al elfo, que al igual que su compañera se estrelló contra un árbol, quedando inconsciente en el suelo.

El furioso dragón se giró para buscar a Carnesîr, que había observado la escena a escondidas. Duskeye se levantó sobre sus cuartos traseros y rugió henchido de ira. *"¡Eres el único que queda, elfo! ¿Te gustaría recibir el mismo tratamiento que tus amigos?"*

Carnesîr retrocedió bruscamente, alzando las manos. "¡Espera, espera… seamos civilizados! No hay necesidad de violencia, ¿no te parece?"

"¿Dónde está Tallin? ¡¡Dímelo ahora!! ¡Te haré pedazos sin pensármelo, elfo, puedes creerme!"

"¡No soy tu enemigo, Duskeye!", replicó Carnesîr con los labios temblorosos. Aunque seguía retrocediendo, Duskeye avanzaba al mismo ritmo.

El dragón acercó su cara a un palmo de la del elfo. *"Por última vez, ¡¿dónde está mi jinete?! ¡Libéralo ahora o reduciré todo este bosque a cenizas! Puede que tú escapes, pero tus dos amigos inconscientes no sobrevivirán. Inmortal o no, ningún ser puede sobrevivir a ser carbonizado".* Su voz sonaba como si tuviera piedra triturada en la garganta.

"¡Binvigi!", gritó Carnesîr repentinamente, y un rayo de energía punzante emergió de su mano alcanzando en la cadera a Duskeye, que dio un fuerte aullido. Con la pierna herida cediendo bajo su peso, soltó otra llamarada, pero Carnesîr invocó una barrera y la detuvo.

Tallin gritó desde la entrada del refugio. "¡Duskeye! ¡Estoy aquí!"

El dragón logró incorporarse, y alzando el vuelo se interpuso en el camino de Carnesîr, quien había emprendido la huida. *"¡¡Libéralo ahora, o por los dioses sentirás mi ira!!"*

El elfo se arrugó bajo la pétrea mirada de Duskeye. Mordiéndose el labio inferior, miró ansiosamente hacia Amandila y Fëanor, que seguían inconscientes. El brazo del segundo estaba doblado en un ángulo no natural; incluso desde aquella distancia, se notaba que estaba roto. Carnesîr hizo un gesto de abatimiento. "¡De acuerdo!", dijo finalmente, levantando las manos en señal de rendición. "Liberaré al enano".

Señaló con el dedo índice a Tallin y exclamó: *"¡Halda-Lauss!"* Las cuerdas encantadas cayeron, y Tallin pudo finalmente ponerse en pie, frotándose sus muñecas casi descarnadas. Yendo al encuentro de su dragón, le dio un fraternal abrazo. "Gracias, amigo. Tenía la esperanza de que me encontrarías.

Estuve todo este tiempo inconsciente, y además me lanzaron un hechizo que me impedía contactar contigo".

"Lo sé, llevo días rastreando la zona. Podía percibir tu ubicación general, pero no el punto concreto. Tan pronto como despertaste pude sentir exactamente dónde estabas, la piedra de dragón me llamaba como una baliza. Los elfos no pueden controlarlo todo". El dragón se inclinó, inspeccionando cuidadosamente a su jinete. *"¿Te han herido?"*

"No, no. Desde luego me amenazaron, pero no llegaron a hacerme daño. Después de todo soy un jinete de dragón, no podrían haberme matado. Los elfos no son tan despreciables".

En ese momento empezó a marearse. Las piernas le flaquearon, y el mundo comenzó a dar vueltas. Se apoyó en el costado de Duskeye, cerrando los ojos. La piel le picaba, y sentía un calor insoportable en el rostro.

"¿Qué te pasa?", le preguntó el dragón.

"Magia élfica", susurró Tallin. "Pero ya está desvaneciéndose". Apretando los dientes, luchó contra las náuseas que sentía mientras los encantos iban diluyéndose. Sus elaboradas defensas nunca le fallaban, pero rechazar la magia de los elfos siempre tenía repercusiones físicas. Boqueó tomando aire hasta que pasó el aturdimiento, y luego se volvió hacia Carnesîr. El elfo de cabellos plateados no parecía tener una brizna de remordimiento; de hecho, parecía deleitarse en el malestar de Tallin.

"¿Por qué habéis hecho esto?", preguntó el jinete.

"¿Qué interés tienen los elfos en un nido de dragón?"

Carnesîr adoptó un aire digno. "No estoy autorizado a decirlo. Nuestra reina nos ordenó tomar los huevos y llevarlos a Brighthollow con nosotros, eso es todo".

"¡Pero tú también eres un jinete, *por el amor de Baghra!* ¿Cómo puedes hacerle algo tan cruel a una hembra? Sabes muy bien que los dragones pueden enloquecer si pierden su nido. ¡Shesha ya ha sufrido bastante!"

Carnesîr se sonrojó ligeramente. "Mira, tengo mis órdenes. La reina nos dijo que el nido estaba en peligro y que debíamos salvar los huevos. Si te atrapamos fue para evitar interferencias".

No muy lejos de ellos, Amandila se incorporó entre quejidos, sin llegar a levantarse. Pasándose los dedos por las costillas, hizo una mueca de dolor. Fëanor despertó segundos después, jadeando estridentemente. "¡Mi brazo!", gritó. "¡Tengo el brazo roto!"

Amandila se arrastró hasta él y le puso una mano resplandeciente sobre el pecho, aplicándole magia curativa. La elfa miró severamente hacia Duskeye. "¡Tiene el brazo quebrado, igual que dos de mis costillas!"

"*Viviréis*", dijo Duskeye sardónicamente. "*No esperéis que sienta pena por vosotros después de lo que habéis hecho. No debisteis intentar herir a mi jinete. Quizá en otra ocasión os lo penséis dos veces antes de hacer algo tan estúpido*".

Amandila frunció el ceño, pero no respondió, y se quedó al lado de Fëanor, restañando sus heridas.

"Les has dado una buena tunda", comentó Tallin en voz baja.

Duskeye hizo un gesto de indiferencia. *"No trataba de matarles, de lo contrario ahora estarían mucho peor. Además, no son asunto mío, no me importa lo que pueda pasarles. Los lobos no se preocupan por lo que piensan las ovejas".*

Tallin soltó una breve carcajada. Sabía que los elfos jamás se disculparían, y que Duskeye tampoco lo haría. "Entiendo lo que quieres decir". Luego pasó a hablarle telepáticamente. *"¿Dónde está Shesha? ¿Los huevos están a salvo?"*

"Sí. Tan pronto como recibí tu mensaje los trasladé, ahora están cerca de la frontera del desierto. Le advertí a Shesha que se mantuviera en guardia y que no dejara el nido desatendido. Si siente cualquier peligro volará hasta Parthos con los huevos. La idea no le gustaba, pero me prometió que lo haría. Por lo menos confía en nosotros".

"Bien", dijo Tallin con visible alivio. Lo peor había pasado.

9. EL OSCURO
SECRETO DE BÁLBOR

Amandila y Fëanor llegaron con paso renqueante hasta donde estaban Tallin, Duskeye y Carnesîr. Casi todas las heridas de Fëanor estaban curadas, pero aún necesitaba apoyarse en Amandila para poder caminar.

Carnesîr había recuperado la compostura, y sonreía. "Ahora que hemos resuelto estas pequeñeces, espero que podamos tener una conversación civilizada".

Tallin sintió deseos de gritar a los elfos por su comportamiento, pero en lugar de ello inspiró profundamente y respondió con tranquilidad. "¿Cómo puedes esperar que olvide lo que ha ocurrido? Me perseguisteis como a un animal, me retuvisteis contra mi voluntad, me separasteis de Duskeye. ¿Y ahora quieres que nos sentemos a charlar como viejos camaradas?"

Carnesîr calló unos momentos antes de responder. "Hicimos lo que considerábamos necesario. Se trata de un asunto... muy complicado".

"Estoy seguro de que a ti te lo parece. Será mejor que me expliques el sentido de todo esto, o le comunicaré lo ocurrido a los jinetes de dragón. Eso no tendrá buenas consecuencias para vosotros, te lo aseguro".

"¡No puedes contar nada a este *mestizo*!", exclamó Fëanor con las mejillas encendidas. "¡Xiilthara lo ha prohibido!"

"Oh, Fëanor, relájate, en realidad ya conoce nuestros planes", dijo Carnesîr resignado. "Recuerda que escuchó nuestra conversación en el bosque. El tiempo de los engaños ha pasado".

Amandila miró a Tallin despectivamente. "¡Umf! ¡Enano entrometido!"

Carnesîr se pasó las manos por el rostro y comenzó su relato. "He aquí la verdad: Fëanor lleva meses patrullando la costa occidental, y durante uno de sus viajes interceptó un mensaje procedente de la isla de Bálbor. Sus sacerdotes conocen la existencia del nido, así como su ubicación aproximada. Sus asesinos son excelentes rastreadores. Los balboritas desean capturar todos los huevos, así como a la hembra empolladora, y ya han enviado a varios asesinos para localizarlos. Yo mismo capturé a uno hace menos de quince días. Era realmente escurridizo, pero al final me las apañé para matarlo. Sin embargo, es seguro que quedan varios más".

Después de escuchar las palabras del elfo, Tallin parecía confuso. "¿Pero para qué quieren los sacerdotes huevos de dragón? No hay dragones en la isla de Bálbor, nunca los ha habido".

Los elfos intercambiaron unas miradas furtivas. Carnesîr se rascó el cuello, evitando la mirada de Tallin. "Ah... bueno... eso no es totalmente cierto".

"¿Qué? ¿A qué te refieres?"

Carnesîr suspiró. "Hace miles de años, los balboritas tenían sus propios dragones y jinetes. Los criaban y entrenaban en la isla. La crianza de los balboritas es la razón de que hoy haya dragones negros; durante cientos de años se dedicaron a buscar ese color selectivamente. Al final, decidieron destruir todos los huevos que no produjeran dragones negros, para conseguir una raza uniforme. Con el paso del tiempo la religión balborita se volvió aún más extravagante y sangrienta. Los sacerdotes buscaban formas de intensificar su poder, y usaron magia élfica robada para cruzar a sus dragones negros con otro animal. Así fue como se crearon los lagartos *drask*, y para sacarles provecho, vendieron parejas de esta repugnante criatura a los orcos. Naturalmente, los elfos consideramos esto una abominación, y llegados a ese punto nuestra reina decidió intervenir".

Tallin retrocedió un momento. "¿Los balboritas crearon a los drask? No sabía nada de esto".

"No es una historia que valga la pena repetir", respondió Carnesîr. El elfo miró al suelo, arrastrando ligeramente un pie. Parecía remiso a continuar con la conversación.

Fëanor gruñó. "¡Vamos, continúa! ¿Por qué dudas ahora? Ya has llegado hasta aquí, es mejor que le cuentes todo al enano".

Carnesîr prosiguió. "Un grupo de guerreros elfos

invadió la isla. Todos los dragones balboritas fueron masacrados, así como los drask. Pero desgraciadamente no pudimos erradicar a los drask que había en el continente. Los orcos ya habían criado miles de ellos, y era demasiado tarde para eso".

"Si todos los dragones negros murieron, ¿cómo es que hoy día aún existen en el continente? Tenemos dos en Parthos ahora mismo".

Carnesîr volvió a suspirar. "La reina pensó que sería cruel destruir los huevos, así que llevamos todos los que localizamos al continente y fueron empollados allí. Esto fue hace muchísimo tiempo, cuando aún había numerosas hembras de dragón para empollar huevos. Los balboritas fueron advertidos de que si alguna vez volvían a intentar criar dragones ocurriría lo mismo, y así pareció terminar todo. Hace siglos que no han intentado nada, pero el tiempo ha pasado y los mortales siempre acaban olvidando. No me sorprende que estén intentándolo de nuevo tras unos pocos cientos de años".

Tallin no podía creer lo que había oído, pero cuanto más pensaba en ello, más sentido tenía. Los balboritas eran capaces de todo tipo de atrocidades. "Así que en Bálbor quieren sus propios jinetes de dragón. Es una locura", dijo, negando con la cabeza.

"Sí, nos damos cuenta de eso" respondió Carnesîr. "Y por eso estamos aquí. Los sacerdotes están decididos a culminar su ridículo plan, sin importarles las consecuencias ni sus minúsculas posibilidades de éxito".

"¿Cuánto hace que Brighthollow sabe de esto?"

"Lo descubrimos no hace mucho", respondió Amandila. "Hace menos de una luna. Nuestra reina nos ordenó rescatar los huevos antes de que los balboritas llegaran a ellos".

Tallin endureció el gesto. "¿Por qué no informasteis a Parthos? Podríamos haber trabajado juntos en esto. Pese a todo lo ocurrido, Parthos y Brighthollow son aliados".

Carnesîr negó con la cabeza. "La reina Xiilthara consideró que la información era demasiado delicada para compartirla, temía que si revelaba el plan, los balboritas destruirían todos los huevos antes de tener ocasión de rescatarlos. Cuando interceptamos el primer mensaje, la reina no estaba segura de si los balboritas ya habían enviado a sus asesinos al continente, así que mantuvo la información en secreto".

"No creo que fuera su único motivo", dijo Tallin. "También sabía que los jinetes de dragón irían a la guerra si se enteraban de esto".

"Ah... puede ser". Carnesîr se alisó la parte frontal de la túnica, tratando de no cruzar la mirada con Tallin.

"Escucha, este problema no va a desaparecer sin más", dijo el jinete. "Y robar los huevos del nido no solucionará nada. Tenemos que hacer algo respecto a los balboritas".

Fëanor tomó la palabra. "Los elfos ya sabemos esto, llevamos lidiando con esos dementes de una forma u otra desde hace miles de años. Una vez se les mete una idea en la cabeza, no existe forma de que la abandonen, sin importar lo irracional, ilógica o peligrosa que sea. Son difíciles de asustar, y están dispuestos a morir por su causa. Cualquier oposición no hace sino reforzar su compromiso con el ridículo plan que hayan pergeñado. Ahora que su alto sacerdote ha emitido esta orden, los balboritas preferirán destruir todo el nido a dejar que los huevos caigan en manos de otros. Para ellos no existe el término medio".

Hubo unos momentos de silencio. A Tallin todavía le zumbaba la cabeza, y con esta nueva información parecía un nido de avispas. Trató de despejar sus sentidos. "Quizá estemos enfocando el problema desde un ángulo equivocado".

"¿A qué te refieres?", preguntó Carnesîr. "Nuestro plan es bueno, nos preocupa la seguridad del nido. Los huevos estarán seguros en Brighthollow, donde los mortales no pueden llegar". Luego hizo una pausa. "Pero... si tienes una idea mejor, estoy dispuesto a escucharla".

Tallin se aclaró la garganta. "¿Por qué esperar a que nos ataquen?, ¿por qué no actuar ofensivamente? Podríamos ir a Bálbor en secreto, como hicieron los elfos en el pasado. Un pequeño grupo de asalto podría llegar a la isla rápidamente. ¿Alguno de vosotros habéis estado allí?"

Carnesîr y Amandila negaron en silencio, pero Fëanor habló. "Yo la conozco. Fui hace muchos años, antes de ser vinculado con mi dragón. Bálbor es un lugar desolador, muy diferente de las demás tierras mortales. Toda la isla es rocosa, y la mayoría del territorio es inaccesible a caballo. Los caminos son terribles, hay pocos pueblos y están muy lejanos entre sí.

Solo existe una ciudad principal, y ahí es donde está ubicado el gran templo. En cuanto a la población, hay muchos asesinos y sacerdotes, pero solo unos pocos de clase alta. La posición social es fundamental allí, lo más importante tras la religión es la clase a la que uno pertenece. Los ciudadanos libres llevan camisas amarillas que los distinguen, nadie más está autorizado a llevar ese color".

Tallin parecía confuso. "¿Entonces no hay mucha gente en la isla?"

Fëanor negó con la cabeza. "No, en realidad hay muchos mortales, pero la mayoría son esclavos, y también hay gran cantidad de sirvientes. Los esclavos son maltratados por las clases altas, de las cuales los sacerdotes son la superior. Incluso los matan sin pensárselo mucho, tan fácilmente como harían con un insecto".

Tallin pensó por un momento. "¿Cuántos magonatos hay allí, lo sabes?"

El elfo se encogió de hombros. "Es imposible decirlo. Todos los asesinos son magonatos, es un requerimiento, pero no sé si entrenan a todos los magonatos que encuentran. Tienen sacerdotes buscadores que viajan al campo para localizarlos, aunque imagino que la mayoría de los que descubren son esclavos. Al fin y al cabo, en la isla solo hay un puñado de hombres libres, que dominan a casi toda la población".

Tallin se rascó la barba, dando vueltas a lo que deberían hacer. "¿Cuál es la mayor debilidad de Bálbor?"

"Su religión", respondió Fëanor inmediatamente. "Son fanáticos, y los fanáticos no se comportan como individuos normales; no reflexionan sobre lo que deben hacer ni toman decisiones sabias. El templo es el centro de su sociedad, de forma literal y figurada. Ahí es donde se debe atacar si se quiere hacer daño".

El jinete reflexionó un momento. "¿Qué hay del alto sacerdote? ¿Es vulnerable a un ataque?"

"No, él está bajo constante vigilancia. No sería un objetivo fácil, ni tampoco especialmente valioso. Matarlo tan solo crearía un desorden temporal. Los balboritas tienen un sistema de sucesión complejo, y hay muchos esperando para reemplazarlo".

"¿Y qué pasaría si el templo fuera destruido?"

"Eso sí provocaría el caos. Sería una catástrofe para ellos, es el centro de su vida diaria. Pero destruirlo sería casi imposible".

"Nada es imposible. Describe el edificio. ¿Qué aspecto tiene? ¿Es muy grande?"

"Es una enorme estructura en el centro de su capital, mucho más grande que cualquier catedral del continente. El interior está construido en piedra esculpida. Hay un edificio principal, mucho mayor que cualquiera de vuestras fortalezas. También una librería principal y otras privadas más pequeñas, una enfermería y un enorme centro de adiestramiento para los acólitos. Nada está hecho de madera, así que no sería tan simple como prenderle fuego".

"¿Hay mucha vigilancia?"

Fëanor pensó sobre ello. "No tanto como cabría esperar. Los guardias del exterior son sirvientes, no soldados, están ahí principalmente para disuadir a los ladrones. En la cámara principal hay unos cuantos soldados, pero no demasiados. Puesto que los extranjeros no tienen permitido entrar en la isla, puede que un ataque al templo les parezca algo extremadamente improbable. De hecho, es casi imposible penetrar en Bálbor porque tiene multitud de hechizos de protección. Cualquier cosa más grande que un barco de vela los activa. Simplemente no esperan ningún tipo de invasión masiva".

"¿Pudiste ver a algún asesino mientras estabas en la isla?"

El elfo asintió. "Sí, a varios. La mayoría estaban en estados intermedios de su adiestramiento, y solo tenían el cuerpo parcialmente tatuado. Solamente los vi de lejos, era fácil evitarlos. Se sienten orgullosos de sus runas protectoras, y llevan el mínimo posible de ropa para exhibirlas. No quería arriesgarme a revelar mi verdadera identidad, así que no interactué con ellos en absoluto".

"¿Cómo es que fuiste hasta allí?", quiso saber Tallin. La pregunta llevaba rondándole la cabeza desde que Fëanor empezó a hablar.

El elfo hizo un gesto indiferente. "En mi juventud sentía curiosidad sobre los mortales, así que viajé por toda la tierra conocida, y eso incluía Bálbor. Me resultó fácil infiltrarme: cuando llegué a la ciudad, me hice pasar por esclavo. Una simple ilusión fue suficiente para caminar sin problemas entre ellos, aunque en un momento dado alguien me azotó. Para proteger mi disfraz no devolví el golpe, lo cual fue irritante. Me fui poco después de aquello. Y eso es todo, no descubrí nada terriblemente interesante. Les hice alguna jugarreta, por supuesto, pero los balboritas son malos blancos para las bromas. El fanatismo engendra estupidez, y jugar con estúpidos cansa pronto. En su mayoría, son gente insulsa y cruel. No resultan tan interesantes como había esperado".

El grupo pasó un rato en silencio. Finalmente, Tallin volvió a hablar. "Los huevos de dragón están en peligro, y mientras los sacerdotes balboritas quieran hacerse con ellos no estarán a salvo. Debemos atacar la fuente del peligro".

"¿Pero por qué arriesgarse?", repuso Carnesîr. "Tenemos una solución sencilla, ¡deja que nos los llevemos! ¡Los huevos estarán seguros en Brighthollow!" Su tono era suplicante.

"¿Y qué ocurrirá cuando haya otro nido? ¿También robaréis esos huevos? No, no permitiré eso. Shesha, la hembra dragona, conoce vuestros planes. Duskeye le reveló la información, y se ha ido a un lugar seguro. Luchará hasta la muerte antes que permitir que alguien se lleve uno de sus huevos".

Duskeye se adelantó para advertir ásperamente al elfo. *"Diré esto solo una vez: esos huevos son mi descendencia. No intentéis más trucos con nosotros, y dejad el nido tranquilo... o no dudaré un segundo en mataros".*

El rostro de Carnesîr enrojeció. "¡Umf! No hace falta ser tan maleducado. Solo intentábamos ayudar".

Tallin se sacudió el polvo de los pantalones y montó a lomos de Duskeye. "Tal como lo veo, tenéis dos opciones. Podéis volver a vuestra reina lloriqueando y con las manos vacías o podéis acompañarme a Bálbor y tratar de resolver el problema en su origen. Los demás jinetes de dragón están ocupados en otras partes, nadie puede ayudarme con esto, pero estoy seguro que iré. Así pues, ¿vais a acompañarme o no?"

Carnesîr se quedó mirando a Tallin durante unos instantes, guardando silencio. Finalmente, suspiró. "Supongo que nos vamos a Bálbor".

10. EL JURAMENTO
DE LOS ENEMIGOS

Tallin y Duskeye volaron de regreso al Sauce Venerable. Al aterrizar, Mugla corrió a recibirlos, dándole un efusivo abrazo a su sobrino.

"¡Habéis faltado varios días! ¿Dónde estabais?, ¡me teníais muerta de la preocupación! ¿Por qué no respondisteis a mis llamadas telepáticas?"

"Lo siento", dijo Tallin. "Tuve algunos problemas con un grupo de elfos". Invitándola a sentarse en la hierba, le contó todo lo que había pasado, incluyendo su secuestro y el plan que estaba pergeñando para atacar el templo balborita.

"¡Oh, no!", exclamó Mugla llevándose la mano a la boca. "¡No puedes ir a Bálbor!"

"Debo hacerlo, no hay otro camino. Hay que actuar contra los balboritas antes de que destruyan el nido. Los elfos han accedido a ayudarme, vendrán conmigo".

"Bueno, eso está mejor, supongo. Pero aun así... necesitarás ayuda extra. Voy a acompañaros". Mugla asintió, como si fuera ella la que debía aprobar la propuesta.

"Ni hablar. Eso está absolutamente descartado", repuso Tallin.

"Insisto. Iré con vosotros", repitió ella. "Lo he pensado muy cuidadosamente".

"Es imposible que lo hayas pensado muy *cuidadosamente*... porque te lo acabo de contar". Dio un suspiro. Aunque admiraba la enorme determinación de su tía, en ocasiones le hacía perder la paciencia. "Te ruego que no discutas esto conmigo, es demasiado peligroso para ti".

"¿Demasiado peligroso para mí, pero no para ti? ¡Si apenas eres un niño!"

"Soy un adulto hecho y derecho".

Mugla le puso un dedo en el pecho. "¡Fah, fah! Un poco de pelo en la cara no te hace un hombre, así que no te hagas el listo conmigo. Además, soy mucho más poderosa de lo que piensas. Te salvé la vida hace un tiempo, ¿o ya lo habías olvidado?"

Tallin suspiró de nuevo. Era su tía, después de todo, y no importaba cuánto pusiera a prueba su paciencia, tenía que mostrarle algo de respeto. "No, no lo he olvidado. Es cierto, me salvaste... y te estoy muy agradecido por ello. Pero esto es muy distinto. No vamos a luchar con un asesino solitario, Bálbor está infestada de ellos".

"¿Así que tengo que quedarme aquí cruzada de brazos? ¿O debería volver tranquilamente a las montañas mientras tú navegas hacia Bálbor para jugarte el pellejo?"

"No he dicho eso, pero... si no recuerdo mal me dijiste que tenías una responsabilidad con los Vardmiter", arguyó Tallin, pero su determinación se estaba debilitando. No sonaba convincente ni para sí mismo.

"También tengo una responsabilidad hacia ti. Eres mi sobrino, y le prometí a tu madre que cuidaría de ti si le pasaba algo. ¡Créeme, te vendrá bien mi ayuda! Ya he estado antes en Bálbor, y su territorio me es familiar".

Tallin se quedó mirando atónito. "*¿Has estado* en Bálbor? ¿Cuándo fue eso? ¿Fuiste tú sola?"

"Sí, por supuesto que fui sola", dijo ella risueñamente. "Fue hace unos doscientos años, cuando era mucho más joven. Por aquella época aún fabricaba armas. Llevaba conmigo una espada y varias dagas fantásticas. Un material excelente, te lo aseguro".

Tallin arqueó una ceja. "Admito que has despertado mi interés. ¿Por qué fuiste?"

"¡Para recuperar mi maldito libro de hechizos! Me lo habían robado. Los balboritas no son solo asesinos, sino también unos ladrones muy hábiles. Cuando sus sacerdotes descubren la ubicación de algún libro de hechizos valioso, envían a sus esbirros a robarlo. Hace mucho tiempo, uno de los asesinos del templo se infiltró en el Monte Velik y robó el grimorio de mi abuela. Ese libro había sido un legado de mi familia durante generaciones, tenía un valor incalculable. Fui a Bálbor a recuperarlo".

La historia parecía inconcebible, pero Tallin sabía que Mugla no mentía. "¿Lograste localizarlo?"

"Sí, finalmente lo encontré, pero no fue nada fácil. Primero tuve que alquilar un pequeño barco de vela para viajar a la isla. Llegué de noche, por la costa Norte, donde sus hechizos de protección son más débiles. Desde allí fui caminando a la ciudad principal, donde se encuentran las bibliotecas del templo. Fue una caminata muy larga, varios días de viaje, pero me lo tomé con calma. Cuando llegué a la ciudad principal, registré la biblioteca durante días hasta dar con el libro".

"¿No te descubrieron?"

Mugla se encogió de hombros. "No, llevaba unas ropas muy humildes, y hacía como que limpiaba las estanterías. Gracias a eso pude mirar todos los libros. Al final di con él, pero no creas que lo cogí y me fui sin más. ¡Cambié el grimorio auténtico por una copia! Quería darles una lección, así que les dejé un montón de hechizos falsos. ¡Seguro que se chamuscaron bastantes cejas hasta descubrir la jugarreta!", dijo entre risas. "¡Donde las dan las toman!"

"¿Pero cómo viajaste tanto tiempo sin ser descubierta?"

"Oh, me camuflé desde el momento en que llegué a la isla. Iba siempre con la cabeza inclinada, nadie sospechaba de mí. Unas ropas andrajosas unidas a una actitud humilde hacen a cualquiera invisible. Un hechicero experimentado siempre sabe ocultarse bien, solo tuve que mantenerme alejada de sus magonatos. Ellos son capaces de detectar a otros hechiceros".

Tallin esbozó una sonrisa irónica. "Me sorprendes.

Parece que te he vuelto a subestimar, querida tía. No volverá a ocurrir".

Mugla le dio unas palmaditas en la mejilla, sonriendo con su boca desdentada. "Disculpa aceptada, querido". Tras callar un instante, dijo con aire decidido: "Bueno, si vamos a hacer esto será mejor ponernos en marcha ya mismo. Tenemos varios días de difícil viaje por delante". Tallin asintió, y ambos se dirigieron al Sauce Venerable para despedirse de Chua y Starclaw.

"Cuando lleguemos a la costa, tendremos que conseguir un barco", dijo Mugla. "No es posible llegar a Bálbor volando en un dragón, el perímetro de la isla está blindado con hechizos. Para poder penetrarlos es preciso viajar a pie".

Tallin resopló. "Eso es un inconveniente para nuestros planes. Me pregunto por qué los elfos no me contaron ese importante detalle".

"Mmm, puede haber muchos motivos. Quizá no lo supieran, o simplemente lo olvidaron. O no les importaba lo bastante para contártelo, o esos hechizos no les afectan. Los elfos solo parecen retener la información que les afecta directamente, y los balboritas en general no les preocupan. Creo que los ven como una gente bastante absurda y no muy peligrosa".

"Pero *son* peligrosos. Llevan años siendo una gran amenaza".

"Para los *mortales* sí, ¿pero para los elfos? Los balboritas no son una amenaza para ellos. La magia de las tierras élficas es demasiado poderosa, ninguna de las razas mortales puede viajar allí, y eso incluye a los balboritas, incluso a sus poderosos Maestros de la Sangre. Créeme, los elfos solo tienen un interés superficial en esto. Puede que estén aburridos, o quizá sea porque los balboritas están amenazando a los dragones directamente. Sí, ese debe ser el motivo por el que están involucrados en primer lugar".

Tallin se apoyó contra un árbol, reflexionando sobre aquellas palabras. "Seguramente tengas razón. Es comprensible que Carnesîr y su pequeña banda de lacayos tengan interés en esta misión, ¿pero quién puede estar seguro de sus motivos? Puede que la Reina Xiilthara quiera salvar realmente a los dragones, pero nunca mostró un gran interés anteriormente. No sé, quizá este nuevo nido le ha hecho cambiar de actitud, aunque sus métodos sean erróneos".

"La clave es no esperar mucho de ellos", dijo Mugla. "Conociéndolos como los conozco, sé que no harán nada a lo que no se vean obligados".

Tallin asintió. "Estoy de acuerdo. Sin embargo, aquí hay algún tipo de presión externa. Aún no estoy seguro de qué se trata exactamente, pero estoy decidido a averiguarlo".

"Mmm, ya tendrás tiempo de pensar en eso. Lo primero es detener a los balboritas".

"Así es. Si ponen sus manos sobre esos huevos de dragón, la situación será mucho peor que si los elfos se los hubieran llevado. Ellos no tratarían de dañar los huevos, al menos no intencionalmente. No puedo decir lo mismo de los balboritas".

Ambos llegaron al límite del claro donde se alzaba el Sauce Venerable. Tallin suspiró. "Adelántate tú,

¿quieres? Los elfos no tienen a sus dragones con ellos, están viajando a pie, pero aún no tengo un punto de encuentro. Debo contactar con Carnesîr mediante un hechizo mental".

Mugla hizo un gesto de desagrado. "¡Ugh! No te envidio. Contactar con los elfos de esa forma es lo peor. Son unos manipuladores cuando usan la telepatía".

A él tampoco le hacía ninguna gracia. En general no le gustaba la comunicación telepática, era agotadora y siempre le parecía una invasión de la privacidad, pero contactar con un elfo estaba a un nivel totalmente distinto. Detestaba tener que hacerlo, pero no le quedaba otra opción.

"Bueno, más vale acabar con ello lo antes posible. Volveré en un rato", le dijo a su tía. Necesitaba encontrar un lugar tranquilo dónde poder concentrarse.

"Todo irá bien, no desfallezcas. Sobre todo, no les permitas escudriñar tus recuerdos, siempre intentan hacer eso". Le dio un afectuoso abrazo para insuflarle ánimo.

Tallin asintió y se dirigió lentamente al bosque. Realmente odiaba aquello, cualquier cosa era mejor que enlazar su mente con la de un elfo.

Se detuvo junto a un gran roble que crecía junto al sendero. Era un lugar tan bueno como cualquier otro. Sentándose cerca del árbol, cerró los ojos y echó la cabeza hacia atrás. Abrió su mente para ejecutar el hechizo, y la vieja lengua surgió sin esfuerzo. Su consciencia se expandió, tocando los límites de otras mentes. Segundos después, sintió la mente de Carnesîr presionar a la suya como lo haría un muelle.

Con la piel reluciente por el sudor y respirando trabajosamente, notó cómo la consciencia del elfo se enrollaba en torno a la suya como una serpiente. Se esforzó por resistir el asalto, levantando muros para proteger sus recuerdos, pero los poderes telepáticos de Carnesîr eran superiores a los suyos. Podía percibir al elfo riéndose de él, disfrutando con su humillación.

Carnesîr rastreó los pensamientos y recuerdos de Tallin, desnudando su mente. Era un telépata vengativo, y ahora estaba saldando una cuenta. Cada momento que pasaba era como un cuchillo en el cerebro de Tallin, que apretaba los dientes por el dolor.

El jinete había permitido el contacto inicial, así que sus defensas podían hacer poco por él; debía soportar aquella invasión de su privacidad. Carnesîr finalizó su exploración de la mente de Tallin, y solo entonces le facilitó rápidamente la información respectiva a su ubicación y al punto de encuentro. Luego retiró su consciencia repentinamente, dejando una última herida con su escudo mental mientras retrocedía.

Tallin se desplomó hacia atrás, y su mundo quedó a oscuras. Despertó varias horas después, con la cabeza retumbándole en los oídos a un ritmo constante. Entonces la conversación volvió a él, penetrando violentamente en su cabeza como si un dique se hubiera quebrado.

Respiró profundamente, y con gran esfuerzo se puso en pie, se inclinó hacia delante y vomitó. Tambaleándose como un borracho y procurando no hacer movimientos bruscos, arrastró los pies penosamente hacia el Sauce Venerable. Antes de llegar vio a su tía Mugla esperándolo, pelando fruta sobre la hierba con un cuenco en el regazo.

Cuando Mugla lo vio acercarse, se puso en pie de un salto y le agarró de los hombros, alarmada por su aspecto. "¿Te encuentras bien? ¡Estás pálido como un fantasma! ¿Pudiste conseguir la información que necesitabas, al menos?"

Tallin asintió, dando un gemido lastimero. Incluso aquel minúsculo movimiento hacía su cabeza martillear. "Sí. Contacté con Carnesîr, escudriñó mi mente y luego me atacó con un escudo mental. Vaya sorpresa, ¿eh?"

"Lo siento, querido. Siéntate conmigo y descansa". Mugla dio otro vistazo a su sobrino. "Estás un poco verdoso. Toma, come esto, es fruta estelar con una pizca de hierba anestésica. Te aliviará el dolor de cabeza. La hierba no sabe muy bien, pero la fruta sí". Tallin se sentó en el suelo y tomó el cuenco ofrecido por su tía, que añadió: "A los elfos les gustan esas jugarretas. Pero cuéntame, ¿qué te dijo Carnesîr?"

"Se reunirán con nosotros en la costa, en el extremo occidental de las Montañas Elburguianas. Son capaces de correr durante días sin cansarse, pero aun así les llevará mucho tiempo llegar allí a pie. Es posible que se hagan con unos caballos, pero no contaría con ello".

"¿Les preguntaste por sus dragones? ¿Han accedido a ayudarles, o dejarán a sus jinetes arreglárselas solos?"

"Carnesîr se negó a hablar sobre ello. Es una

cuestión delicada para ellos, al parecer".

"Umf". Mugla cruzó los brazos. "Algo raro pasa. Es muy extraño que un jinete de dragón afronte una misión solo, y eso es doblemente cierto en el caso de los elfos. Aquí hay más de lo que parece a primera vista, puedes apostar".

"Estoy seguro de que tienes razón, yo pienso lo mismo. Vamos, hablemos con Chua. Tenemos que ponernos pronto en marcha".

Encontraron a Chua y Starclaw, a quienes Mugla ya había puesto en antecedentes, sentados bajo el Sauce Venerable. Era hora de despedirse.

"Adiós, Chua", dijo Mugla inclinándose para abrazar al frágil mago. "Llegamos aquí hace solo unos días, y ya debemos marcharnos. Volveré para visitarte tan pronto como pueda, aún te debo un cuenco de tus boniatos favoritos".

Chua rio. "Te tomo la palabra. ¡La próxima vez quiero uno bien grande!"

La hechicera se volvió hacia Starclaw, abrazando su enorme pata verde. "También te extrañaré a ti, Starclaw. Cuida de él por mí, ¿de acuerdo?"

"*Siempre*", dijo la dragona con su afilada sonrisa. Una voluta de humo surgió de su morro.

Chua volvió a tomar la palabra. "Esperad, antes de iros dejadme daros algo". Cogiendo un puñado de tierra, lo esparció sobre la palma de su mano y murmuró un corto hechizo. La tierra se convirtió en un polvo plateado brillante. "Guardad esta tierra resplandeciente. Si sois atacados, lanzádsela a vuestro atacante a los ojos, caerá inconsciente de inmediato".

Mugla se sacó una bolsita de piel del bolsillo y Chua introdujo el polvo brillante en su interior. "Gracias", dijo ella, pasando un cordel por la bolsa y colgándosela del cuello. "Aunque ojalá no tengamos que usarlo".

"Eso espero, pero estará ahí si lo necesitáis. Ten mucho cuidado, Mugla, y tú también, Tallin". Sonriendo, añadió: "No quiero reteneros más. Es mejor que partáis ya, antes de que oscurezca. Os deseo suerte en vuestro viaje".

Tallin tuvo una extraña sensación al escucharlo. Su voz sonaba ansiosa. Sin embargo, trató de ignorar aquel mal presentimiento, achacándolo a los nervios. Chua tenía la Visión, y si no les había dicho nada, ¿qué podría ir mal?

Duskeye y Starclaw también intercambiaron despedidas, de forma silenciosa y respetuosa, como era costumbre entre los dragones.

Batiendo sus poderosas alas, Duskeye despegó, serpenteando por el aire con Tallin y Mugla a sus espaldas. "¡Adiós, viejo augur!", gritó Mugla, sonriendo y agitando la mano, aun sabiendo que Chua no la podía ver. El hechicero también alzó el brazo para despedirse. Los tres desaparecieron entre las copas de los árboles.

Chua dejó caer la mano a un costado e inspiró profundamente. El sonido de las alas del dragón murió en la distancia. "Gracias a los dioses finalmente se han ido".

Starclaw caminó hacia él y se sentó a su lado, posando su enorme cabeza color esmeralda en su regazo. *"¿Cómo te sientes?"*, le preguntó.

"Me siento cansado. Débil", respondió él suspirando, tras lo cual hizo una pequeña pausa. "Pero me alegra que Tallin y Mugla se hayan ido cuando lo hicieron. Eso es lo único que importa".

Tenía una sensación de paz y al mismo tiempo de tristeza, una contradicción vital. Dos mariposas blancas revoloteaban por el claro. La brisa los envolvió, fresca y fragante.

Jinete y dragona permanecieron callados un rato. "El bosque está realmente silencioso esta tarde", dijo Chua por fin.

"Siempre supiste que este momento llegaría".

"Sí, siempre lo supe. Y siempre he llevado esa carga en mi corazón".

"¿Estás asustado?"

Chua negó con la cabeza. "En realidad no". Luego sonrió levemente. "Bueno, quizá... pero solo un poco".

El viejo jinete y su dragona permanecieron así, sentados en silencio, hasta que el sol se hundió tras las montañas a sus espaldas. La noche era fresca, y el olor de las flores se arremolinaba en torno a ellos. Un nutrido grupo de mosquitos rodeó a Chua como una nube, pero este musitó un rápido conjuro de rechazo para espantarlos. El frío de la noche empezó a hacerle tiritar, y se pasó la manta por los hombros. Cada vez estaba más oscuro, y las criaturas emergían de sus madrigueras, corriendo a toda prisa entre la hierba en busca de su alimento nocturno.

Los traviesos duendes arbóreos jugaban en las

ramas, como era habitual; su mayor actividad siempre se daba tras el crepúsculo. Había cientos de ellos en ese momento. La luna se elevaba lentamente en el cielo, bañando la arboleda con su blanca luz.

Repentinamente, una ola de silencio recorrió el bosque. Los duendes cesaron su cháchara, los pájaros dejaron de piar e incluso el viento dejó de soplar entre los árboles.

Chua se quedó paralizado. Alzando el rostro, olisqueó el aire. La brisa transportaba un desagradable olor, oscuro y pútrido.

"Está aquí", susurró, "y está lanzando un hechizo oscuro".

Un intenso siseo, seguido por miles de pequeños gritos, perforó el aire. Un instante después, los sintió cayendo a su alrededor: los duendes se desplomaban por cientos, repiqueteando entre lastimosos chillidos de muerte. Caían sobre la hierba, sobre los hombros de Chua y sobre su regazo, formando pequeños montones. Por una vez dio gracias de no poder ver.

"*¿Qué está pasando?*", preguntó Starclaw agitando la cabeza.

"Está matando a todos los duendes arbóreos", dijo Chua muy afectado. "Sabía acerca de ellos, de cómo están encargados de defender este sagrado lugar. Habrían sido un peligro para ella, así que los mató antes de que pudieran atacarla".

"*Entonces el Sauce Venerable está desprotegido*", dijo Starclaw en un susurro.

"Sí. La oscuridad ha caído sobre este lugar." Chua permaneció inmóvil, recordando sus visiones. Sabía lo que ocurriría después, pero se sentía impotente para detenerlo.

Skera-Kina emergió de su escondite entre los árboles, con un fino hilo de sangre corriéndole por la nariz. Se lo limpió con el dorso de la mano, dejando una mancha roja que le cruzaba la mejilla. Estaba temblando, tenía el rostro encendido y respiraba con agitación, pero su expresión era de triunfo.

Miró alrededor expectante. Los duendes arbóreos yacían esparcidos por la arboleda sagrada que habían protegido durante siglos, con los miembros rotos y los cabellos desmarañados, formando un horripilante dibujo en la hierba. Skera-Kina observó los pequeños cuerpos verdes, e inclinando la cabeza hacia atrás dio un rugido de victoria. Chua sabía que aquel hechizo le había costado mucho, pero había sido eficaz. Todos los duendes arbóreos estaban muertos.

Inspirando profundamente, la balborita abrió los ojos y sonrió con suficiencia, alzando un dedo tatuado hacia el cielo. Sus afilados dientes centelleaban bajo la luz de la luna. "Ahí estás", susurró.

Chua tomó aire para reducir la opresión de su pecho. *Si fuera más joven y no estuviera lisiado...* pero no, aquellos días habían quedado atrás. No trató de huir ni de ocultarse. Había previsto esto y sabía el resultado desde hacía años. No había escapatoria.

Skera-Kina se acercó a él, pisando silenciosamente la hierba con sus botas de cuero negro, y se detuvo a unos pasos del viejo hechicero.

"Así que tú eres el gran oráculo del Este". Al estudiar el rostro de Chua, vio la resignación escrita en él.

"Yo soy", respondió él sobriamente. "Si ese es el nombre que quieres darme, supongo".

"Pareces muy poca cosa. No me esperaba a un *inválido*". Su grave voz se asemejaba a dos piedras rechinando una contra otra.

"Las apariencias pueden ser engañosas, dama oscura".

"Sin duda. Sin duda, pueden serlo".

Chua se quitó la manta, y desplazándose lo mejor que pudo, encaró a su adversaria. Starclaw escondió su ala quebrada y rodeó con la cola a su jinete.

El augur se aclaró la garganta. "Di lo que debas decir, pues".

Skera-Kina ladeó la cabeza. "Sabes que soy más poderosa que tú. Incluso si fueras un hombre con perfecta salud y no la criatura rota que eres, aún te doblaría en fuerza. No puedes soñar con derrotarme en tu estado, viejo".

"Lo sé. Ya había previsto esto", dijo él con tono resignado.

La asesina arqueó las cejas. "Esa no es la respuesta que esperaba. Estás mucho más tranquilo respecto a esta situación de lo que pensaba. ¿No tienes miedo?"

Chua se quitó la venda, y giró la cabeza hacia ella con sus cuencas vacías. "Mírame. Mira mi cuerpo y mi rostro mutilados. Sé lo que es el auténtico dolor. No me queda nada por temer en esta vida, cualquiera de mis miedos murió en mi interior hace mucho". Starclaw permanecía silenciosa y estoica, pero su aflicción era palpable. Ella también estaba ciega y lisiada, no era lo bastante fuerte para defender a su jinete ni para evitar su destino.

"Tienes un corazón fuerte", dijo Skera-Kina, cuya voz reflejaba cierto respeto. "La mayoría siente terror ante mi presencia".

"Estoy seguro de que sí, pero mi alma está en paz con esto. Mi deber era vivir de un modo que complaciera a los dioses y estar listo para partir en el momento que lo desearan". Alzó el mentón hacia la balborita. "Haz lo que debas".

Ella permaneció donde estaba, observando a Chua detenidamente. "Te propongo un trato, pues. Ciertamente puedes escoger luchar conmigo, pero perderás, y tu muerte será desagradable, como lo será la de tu dragona. En lugar de eso podemos realizar un pacto que nos beneficiará mutuamente".

"Continúa".

"Eres vidente. Cuéntame mi futuro con total honestidad, y a cambio te concederé una muerte fácil, sin ningún sufrimiento. Es un acuerdo justo". No había odio en sus palabras.

Chua consideró la propuesta. "Mmm. Solo contestaré a preguntas sobre ti, no sobre nadie más. Y debes darle una muerte fácil también a Starclaw, si es que la desea".

Tras reflexionar unos instantes, Skera-Kina asintió. "De acuerdo".

"Acepto este pacto, pues. Soy un oráculo, y parece apropiado que esta sea mi profecía final".

"Entonces júralo. En la vieja lengua".

Chua se escupió en la mano. *"Sannindi"*, dijo, y el

aire que lo rodeaba centelleó. "Ahora debes jurar tú". Era el *Juramento de los Enemigos*, que los obligaría mágicamente a decirse la verdad. El hechizo no podía romperse mientras ambas partes estuvieran vivas. Chua resopló, tratando de recuperar el aliento. El esfuerzo de un conjuro tan poderoso lo había dejado sin energía. Se sentía débil... tanto como no se había sentido en años.

Skera-Kina también se escupió en la mano y pronunció la palabra mágica: *"Sannindi"*.

Se estrecharon la mano con cautela, en un pesado silencio. El aire volvió a chisporrotear. El juramento se había consumado.

Chua alargó el brazo para tocar a Starclaw, y se sintió reconfortado al notar sus frías escamas bajo la mano. Cuando recuperó una respiración normal, le dijo a la balborita: "Ya ves que no puedo caminar. Debes sentarte a mi lado".

"Siéntate, por favor", dijo Chua haciéndole un gesto con la mano. Luego añadió: "La predicción será más precisa si tenemos contacto".

Ella se deslizó por la hierba como una serpiente. Los sonidos del bosque estaban retornando lentamente, y ahora se oía el canto de los grillos. Skera-Kina dudó un momento, y luego se sentó en la hierba cruzando las piernas. Permanecía con los hombros arqueados y alerta, lista para atacar en cualquier momento. Poniendo una mano en la empuñadura de su daga, alargó la otra para tocar el brazo de Chua. Él se encogió al notarlo, pero permitió el contacto.

Suspiró profundamente y su cara adoptó un aire

ausente. "Estoy listo para responder a tus preguntas. ¿Qué deseas saber?"

Skera-Kina pensó durante unos instantes, y después habló. "Nací siendo una esclava, y a lo largo de mi vida he tenido muchos amos. Siempre he llevado una existencia de sumisión. Primero a mi esclavista, y luego al Gran Templo de Bálbor".

Tras hacer una pausa, continuó con tono sereno. "Soy una Maestra de la Sangre, y el hechicero de más rango de todo Bálbor. Mi posición es de gran honor, pero... en mi interior, anhelo la libertad. Le hice un juramento de sangre al templo, pero a veces desearía no haberlo hecho". Alzó el rostro. Bajo los intrincados tatuajes de sus párpados, un resplandor sobrenatural bailaba en sus ojos. "Estoy cansada, viejo. Me he visto arrastrada a una vida de perpetua servidumbre. ¿Seré libre algún día?"

Chua inspiró hondamente. "Querías la verdad, y la tendrás. No naciste siendo esclava, como crees, sino en las cavernas del Monte Velik. Y no eres humana. Eres una mestiza, hija de una madre enana y un padre elfo. Por eso te ves atraída hacia los enanos. Son tu gente".

Skera-Kina estaba tan desconcertada que retiró la mano bruscamente. "¿Que no soy humana? ¿Soy mitad elfa, dices? Entonces, ¿soy inmortal?"

"No, solo los elfos de sangre pura tienen ese don. No obstante, tu vida será muy larga, asumiendo que no mueras violentamente. A menos que puedas romper tu juramento de sangre, te verás forzada a servir al templo durante cientos de años, quizá un milenio. Los sacerdotes debían saber que eras mestiza cuando te obligaron a hacer el voto: gracias a tu origen podrías servirles durante mucho, mucho tiempo".

"Si nací libre, ¿cómo me convertí en esclava?"

"Debido a la guerra. La esclavitud no fue abolida hasta el final de la misma. ¿Conoces a Druknor Theoric?"

Escuchar el nombre de Druknor provocó un agudo siseo en ella. "Sí... es el capataz de Sut-Burr".

"Exacto. Debes conocerlo, puesto que es uno de vuestros espías".

Skera-Kina asintió. El juramento le habría impedido mentir de todos modos, así que lo admitió. "Sí, es un espía balborita. Lleva décadas mandando informes a nuestros sacerdotes".

"Fuiste vendida como esclava por él, Druknor Theoric, cuando eras un bebé. Te robó de tu familia adoptiva y te entregó a los balboritas. Él es el responsable de tu actual situación".

Skera-Kina apretó los puños hasta que los nudillos se le pusieron blancos. "Esa serpiente... debería haberle rebanado la garganta cuando tuve la ocasión".

"Pero no lo hiciste".

"No. Me he sentido tentada de matarlo muchísimas veces, pero le es útil a los sacerdotes del templo".

"No tan útil como ellos creen. Es un agente doble, y lleva dándoles información falsa mucho tiempo. A Druknor no le importa vuestra religión ni vuestra causa, tan solo llenar sus cofres de oro y aumentar su poder en el Norte. Nunca ha dejado de hacer contrabando, y se guarda todos los beneficios para él. Los jinetes de dragón descubrieron recientemente la verdadera extensión de sus crímenes, así que sus días están contados. Cuando por fin consigan las pruebas para condenarlo, se enfrentará a la ejecución".

Skera-Kina lo miró irritada. "Si lo que dices es verdad, y es un traidor a Bálbor, yo misma lo destriparé. Ya he frenado mi mano con él demasiadas veces". La balborita se detuvo un momento, hasta lograr controlar su ira. "¿Me liberaré alguna vez de esta atadura?"

"Desafortunadamente esa respuesta no está clara para mí. Tu juramento de sangre te vincula con el alto sacerdote, y tu compromiso con el templo es irrevocable. Escogiste hacer el juramento por tu propia voluntad, y por tanto debes respetarlo, no puedes abandonarlo sin más. Mientras que el alto sacerdote esté con vida, te verás forzada a cumplir sus órdenes. Además, no puedes causarle daño directa ni indirectamente. La magia del juramento lo impide".

"Así que estoy atrapada en esta existencia", dijo ella con una risa amarga.

"El juramento te ata para siempre, pero aún tienes algunas opciones. Son opciones con enormes consecuencias, pero tú decides si escogerlas. Puedes escapar del juramento quitándote la vida, o también esperar a que el alto sacerdote muera".

"No me parecen grandes alternativas".

"Pero dependen de ti, pese a todo. Hay juramentos que llegan más allá de la muerte, y tienes suerte de que el tuyo no se extienda a la otra vida. Algo sí puedo decirte: la decisión está más cerca de lo que piensas. Pronto los dioses te concederán una única oportunidad de escoger tu destino. En ese momento, deberás decidir si continuar con tu vida tal como es ahora o liberarte".

"¿Cuándo?", preguntó ella ansiosa, "¿Cuándo ocurrirá esto? ¡Dímelo con exactitud!"

"Mi visión no es algo tan preciso. Pero será pronto. Antes de un año, probablemente".

Skera Kina se quedó reflexionando. Después de un rato se puso en pie, sacudiéndose las hojas que habían caído sobre su túnica. "Gracias por la información. ¿Hemos terminado?"

"Sí", dijo Chua con apenas un hilo de voz.

"Prepárate entonces", dijo ella, sacando su espada de la vaina que llevaba colgada a la espalda.

Chua suspiró. Poseía el don de la Visión, siempre supo que aquel día llegaría. Sin embargo, ahora corrían lágrimas por sus mejillas llenas de cicatrices.

"Un momento, por favor". Volviéndose hacia Starclaw, el jinete acarició la enorme mandíbula de su dragona. Ella ronroneó, devolviéndole la caricia con el morro. "Gracias por ser mi más querida compañera durante todos estos años", le dijo suavemente. "Después de todo lo que sufrimos juntos pensé que nunca derramaría otra lágrima, pero ahora, tan cerca del final, siento que el corazón me va a estallar en el pecho".

La pena empezó a bullir en su interior. Pero también había algo más: un sentimiento de libertad, una especie de alivio por liberarse al fin de aquella vida, por dejar atrás su torturada existencia. La cola de Starclaw lo aferró más fuertemente. *"Gracias por atravesar conmigo todas las tormentas".*

"Te quiero, mi preciadísima amiga", dijo Chua, con la voz entrecortada por la emoción. Luego se secó la nariz y alzó la barbilla, con sus manos colgando a sus costados. No trataría de defenderse. Era el momento de morir con dignidad.

"Esta muerte es un regalo, viejo. No te muevas ni te resistas, y te prometo que no sentirás ningún dolor. Mi puntería es exacta".

Chua asintió. "Estoy listo, pues".

La balborita sacudió su espada, cortando el aire con un agudo siseo y clavándola justo en el corazón de Chua. Había mantenido la promesa: su puntería fue perfecta. El mago jadeó una última vez y se desplomó hacia delante.

Dando un rápido tirón, la asesina sacó la espada del pecho de Chua, y sin limpiar la hoja repitió la operación mortal con Starclaw. La dragona no vaciló, pero exclamó el nombre de Chua en la lengua de los dragones antes de caer. Tras dar unos pocos pataleos, su cuerpo quedó inerte.

Skera-Kina se inclinó sobre los cuerpos y arrancó las piedras de dragón de sus pechos. Sostuvo ambas mitades en las palmas de las manos y las observó unos instantes. Eran hermosas joyas, resplandeciendo como esmeraldas bajo la luz de la luna. Pero fue una belleza efímera.

Debido a la muerte de Chua y Starclaw, las piedras fueron tornándose lentamente turbias y grises, para terminar quebrándose en un puñado de fragmentos. Aquellas joyas de incomparable belleza no se distinguían ahora de vulgares piedras.

Skera-Kina dejó caer los fragmentos al suelo, y alzando una mano resplandeciente gritó "*¡Incêndio!*" Un remolino flamígero empezó a serpentear por el claro, succionando el aire circundante. Los oscuros ojos de la asesina observaron el fuego agitarse y crecer.

Las llamas se dirigieron hacia el Sauce Venerable, ascendiendo por su tronco poco a poco. Una rama ardiente se rompió y cayó a los pies de la balborita. Al poco tiempo, el árbol se vio completamente envuelto por las llamas. Pronto todo el bosquecillo estaba ardiendo, y multitud de chispas ardientes inundaban el aire.

El fuego alcanzó el cuerpo sin vida de Chua, que empezó a ser consumido por las llamas. Mientras su carne ardía, un pájaro negro de brillante cresta roja aterrizó en un árbol cercano y chilló, llamando a su ama.

"¡Ven a mí!", le ordenó Skera-Kina extendiendo el brazo. El enorme cuervo abandonó la rama y se posó en su hombro.

"*¡Los ojos! ¡Los ojos!*", graznó el ave.

Ella negó con la cabeza. "Lo siento, querido, esta vez no. ¡Este pobre desgraciado no tenía ojos para darte!", dijo riendo, y el pájaro pareció hacerlo también.

Complacida con su trabajo, la asesina se dio la vuelta y abandonó el flameante bosque.

11. PREPARATIVOS DE GUERRA

L a procesión funeral del Rey Hergung fue cancelada de inmediato, y todos los dolientes regresaron al interior del Monte Velik. Sela y Elías, los dos jinetes de dragón llegados de Parthos, siguieron a la gran fila, penetrando en las cavernas a través de las grandes puertas de hierro. Sus dragones, Nydeired y Brinsop, permanecieron en el exterior de la montaña, patrullando la zona desde el aire. Doce guardias enanos fueron apostados frente a las puertas, y al día siguiente se les unieron más.

Tan pronto como corrió la noticia de que los orcos estaban de camino, los visitantes empezaron a marcharse apresuradamente; todo el mundo sabía que sus tropas no tendrían el menor escrúpulo en masacrarlos a todos, incluso en medio del funeral del rey. Un grupo de enanos, envueltos en pesadas capas, levantó el cuerpo de Hergung de su ornamentada camilla y lo llevó de vuelta a su cámara.

El consejo decidió enterrar al rey sin alardes a la mañana siguiente, y se solicitó educadamente a todos los dignatarios presentes que se marcharan. No es que hiciera falta convencerlos: partieron a toda prisa en cuanto pudieron, tratando de poner toda la distancia posible entre ellos y la horda orca.

La atmósfera en el interior de la ciudad cambió; no había tiempo que perder. El enemigo se aproximaba, y todo el mundo debía prepararse para el inminente asedio. Pero pese a aquella atmósfera de unidad, el malestar se extendió entre los clanes. Tras toda la agitación que habían soportado en los últimos años, ¿por qué tenían que pasar por aquello?

Sela y Elías solicitaron una reunión con el consejo enano, y las altas familias fueron convocadas en la sala de banquetes. Ahora que el Rey Hergung estaba muerto, la líder de clan de mayor rango, Bolrakei, se sentaba en la cabecera de la mesa. Su rostro estaba demacrado y surcado de profundas líneas por la falta de sueño. Skemtun se sentaba en la silla situada a su derecha, con su omnipresente guardaespaldas, Kathir, de pie detrás de la misma. Los asesores de Bolrakei también se habían congregado a sus espaldas.

Las sillas a la izquierda de la cabecera se reservaron para los invitados, los dos jinetes de dragón. Sela, Elías y el resto del consejo, enanos de alta cuna pertenecientes a influyentes familias, ocuparon sus lugares. La sala estaba a rebosar. Un enano tamborileaba con los dedos sobre la mesa, a ritmo irregular. Otro jugueteaba con sus ropajes. Todo el mundo estaba nervioso, y nadie sabía qué decir.

Skemtun se inclinó hacia atrás y cruzó los dedos sobre el estómago. En vista de que Bolrakei no se decidía a iniciar la reunión, tendió la mano hacia las sillas de los invitados y dijo: "Maestra Sela, hable, por favor".

Sela se puso en pie y se aclaró la garganta. "Gracias, consejero. Os agradezco la oportunidad de dirigirme a vosotros en el día de hoy para informar sobre la situación actual con los orcos. Esto es lo que sabemos con seguridad: los pieles verdes ya están en marcha. Se desplazan a pie, pero también tienen cuerpos de caballería que viajan a lomos de drask. La horda es de un tamaño inmenso, mucho mayor del que había previsto. No quiero engañaros, el futuro de vuestra raza está en grave peligro".

"¿Cuántos orcos hay aproximadamente?", preguntó Skemtun.

"No tenemos una cifra exacta aún, pero hay miles de ellos. Su número se ha disparado en los últimos años. De hecho, nunca había visto una horda orca de ese tamaño". Un alarmado murmullo se extendió por la mesa.

Otro de los consejeros alzó la mano. Su rostro era joven, con solo unos incipientes pelos asomándole en la barbilla. "Perdón, ¿qué es un drask? ¿Es algún tipo de animal?"

Sela pensó un instante antes de responder. "Un drask es un cruce entre un dragón y un lagarto corriente. Los orcos los adiestran como si fueran caballos, y les dan un gran valor. La mordedura de un drask es mortal; su saliva es tan tóxica que los orcos impregnan sus flechas con ella para hacerlas letales. Los orcos no tienen magonatos, así que nadie sabe con seguridad cómo fueron capaces de crear una criatura tan abominable".

Bolrakei sintió un escalofrío. Tenía miedo de los orcos, pero más aún de sus drask. "¿Cu-cuántos drask llevan con ellos?", preguntó con voz temblorosa.

"Por lo menos mil, pero probablemente más. Cuando sobrevolamos la horda, pude verlos formando un grueso bloque en la vanguardia".

Bolrakei tragó saliva. Los orcos habían llevado sus drask al Monte Velik durante la última Guerra Orca, y recordaban ver a aquellos aterradores lagartos saltar sobre sus soldados, cubriéndolos de mordiscos; aunque las heridas eran superficiales, muchos murieron tras una terrible agonía. La toxina transmitida por la mordedura era tan venenosa que incluso los mejores sanadores fueron incapaces de salvarlos.

Skemtun tomó la palabra. "Puesto que los elfos odian tanto a los orcos, ¿por qué no se han ofrecido a ayudarnos? Lo han hecho en el pasado. ¿No saben que vienen hacia aquí para destruirnos?"

Sela hizo un gesto de contrariedad. "La reina elfa es consciente de lo que ocurre, no hay duda sobre eso. Pero no puede depenerse de los elfos: solo nos ayudan cuando les apetece, y no hay razón para creer que acudirán a vuestro rescate esta vez. Los clanes estáis solos".

Una mujer madura de negra cabellera se dirigió a ella. "¿Qué ha hecho a los orcos decidirse a atacarnos? ¿Por qué ahora precisamente? ¿Por qué?", preguntó, mesándose los cabellos.

"Si yo fuera vuestro enemigo", respondió Sela tranquila pero firmemente, "sin duda os atacaría ahora. El rey ha muerto, y vuestros clanes están divididos. Los orcos sabían del funeral y de vuestra disputa con los Vardmiter, nunca hicisteis ningún esfuerzo por disimularla. Las vulnerabilidades de vuestro reino fueron divulgadas a los cuatro vientos".

La enana empezó a sollozar. "Debimos mantener la muerte de Hergung en secreto, ¡y trabajar juntos en lugar de reñir y hacer tanto escándalo!"

Bolrakei la reprendió severamente. "Silencio, Amara. Deja de lloriquear, es vergonzoso". Luego miró a Sela con gesto esperanzado. "¿Y qué pasa si los orcos deciden atacar a los Vardmiter primero? ¡Eso nos daría más tiempo para prepararnos!"

"Dada la debilidad militar de los Vardmiter, ese ataque tendría éxito, pero es improbable. Las Montañas Highport no son un objetivo atractivo para los pieles verdes. Su interior es un intrincado laberinto de enormes cavernas sin terminar, y son demasiado frías. Es probable que Nar las explorara antes de que las ocuparan los Vardmiter y decidiera que no eran aptas para sus propósitos".

"¿Estás segura?", preguntó Bolrakei con un punto de desesperación.

"Sí. Los orcos están atravesando las Llanuras de Trautt en esta dirección a paso firme. Nunca han mostrado interés en las cuevas de Highport, quieren *esta* montaña".

"Estábamos empezando a recuperarnos del cisma con los Vardmiter, no estamos en condiciones de enfrentarnos a los orcos", dijo otro consejero, abatido.

Muchos de ellos se encorvaron en sus asientos. Parecían derrotados.

Elías por fin habló, poniéndose en pie. Como sanador que era, llevaba una toga blanca de cuerpo entero, y su rostro estaba totalmente afeitado. "No tenéis más opción que luchar", dijo serenamente. "He observado el movimiento de esta horda. Van dejando un rastro de destrucción a su paso, están arrasándolo todo. Son monstruos, no se puede negociar con ellos. Si deseáis sobrevivir, tendréis que luchar".

Bolrakei se retorcía las manos nerviosamente. "¿Pero cómo podemos defendernos ante un número tan enorme? Decís que hay miles de ellos. ¡Miles! ¿Cómo vamos a derrotarlos, especialmente cuando somos tan pocos ahora? ¡No tenemos suficientes enanos!"

Sela volvió a tomar la palabra. "Debéis mantener la calma, los habéis derrotado antes". Su expresión era adusta, una firme roca en aquel mar de rostros angustiados. "La última Guerra Orca no fue hace tanto tiempo. Muchos de vosotros la recordáis".

Un viejo enano de pelo canoso resopló en una esquina de la sala. "¡Claro! ¡Yo la recuerdo!" Llevaba colgado del cuello un pequeño martillo engarzado en una cadena. "¡La última vez que atacaron los orcos sobrevivimos de milagro! Y eso teniendo un ejército, un rey sano y la ayuda de los elfos. ¿Qué esperanzas puede haber de ganar ahora?"

Más murmullos de preocupación se extendieron entre los presentes. Sela esperó a que se acallaran antes de continuar. "Mirad, os sugiero que dejéis de preocuparos y empecéis a hacer algo útil. Todos los hombres sanos deberían recibir una espada y adiestramiento militar. Tenéis una armería muy bien surtida, eso es un punto a vuestro favor. Vuestros soldados pueden acampar en el exterior de la montaña y empezar a entrenar en serio mañana por la mañana. Vuestros hechiceros deben preparar y almacenar pociones curativas. Elías posee un gran talento para esto, así que os ayudará. Las mujeres tienen que empezar a acumular comida, es probable que se produzca un largo asedio. Todos deben trabajar juntos".

"¿Cuánto tiempo tenemos para prepararnos?", preguntó Bolrakei con tono resignado. Su expresión era extrañamente tranquila, como si por fin hubiera asumido la realidad de la situación.

"Unas semanas, quizá un mes, pero no más de eso. Los orcos corren rápido y duermen poco. Cuando llegan a un pueblo pasan allí un día y luego lo destruyen, nunca detienen su avance. Por suerte hemos podido avisar a los aldeanos con tiempo para evacuar, pero la mayoría no pudo llevarse más que unas pocas pertenencias. Basándonos en su ritmo actual, la horda estará aquí para la próxima luna llena".

Tras esas palabras, la jinete sacó un pergamino de un pliegue de su capa y lo desenrolló sobre la mesa. Se trataba de un detallado mapa de la zona circundante. Señaló la zona superior del mismo. "Cada recuadro que veis son cincuenta leguas. Un drask puede cubrir cuarenta leguas en un solo día, así que una vez que crucen el Orvasse, la caballería estará aquí en dos días, asumiendo que sea la vanguardia. La infantería tardaría otra semana en llegar".

Skemtun examinó el mapa. "Tienen que cruzar el río. ¿Por qué no destruimos el puente que hay cerca de Ironport? ¿No los detendrá eso?"

"No, destruir puentes nunca los detuvo antes. Los orcos son consumados constructores de balsas. Talarían el bosque de la zona y construirían balsas enormes para transportar a su ejército al otro lado. Tan solo los retrasaríamos unos días, y dificultaríamos las cosas para cualquier tropa de refuerzo".

No había mucho más que deliberar. Skemtun se puso en pie. "Está decidido, pues. Transmitid la noticia a todos los clanes", ordenó. "Debemos acumular provisiones y suministros. Los preparativos empezarán esta misma noche". Todos los miembros del consejo mostraron su acuerdo.

Al salir de la reunión, Skemtun miró a los mensajeros correr en pos de las familias de alta alcurnia. Sus noticias eran simples: "Preparaos para la guerra". Esta vez no hubo quejas ni objeciones, y todos se pusieron manos a la obra de inmediato.

El cuerpo del Rey Hergung fue puesto a descansar la mañana siguiente. Los dolientes formaron una fila para ver el cuerpo, pasando a su lado mientras arrojaban flores o murmuraban una rápida oración. Aunque los elogios fueron rápidos y poco encendidos, también se derramaron lágrimas.

No hubo banquete tras la ceremonia; los preparativos para el asedio debían comenzar nada más terminar. Todos los incensarios fueron apagados, y se colocaron antorchas con poco consumo de aceite en los corredores. Era necesario economizar recursos al máximo.

Unos soldados arrastraron grandes cubas de aceite hacia la azotea almenada que había sobre la puerta. Grupos de mujeres reunían leña y encendían las hogueras que mantendrían el aceite hirviendo. La torre de vigilancia fue llenada de provisiones, y se le asignó una guarnición de soldados.

Al menos el agua no era una preocupación. Un profundo manantial fluía a través de la montaña, suministrando a los enanos toda la que necesitaban. No obstante, las reservas de comida eran limitadas, como ocurría desde hacía años. Las mujeres debían recorrer los bosques circundantes en busca de tubérculos, bellotas y cualquier cosa comestible que se pudiera almacenar. Alimentos que se habían preparado para el funeral del rey fueron apartados y puestos en conserva. Los magníficos bueyes funerales fueron sacrificados, pero en lugar de preparar la carne para el festín, fue cortada en tiras, secada y almacenada.

Mientras los varones entrenaban para luchar, las mujeres trabajaban para preparar todo lo demás: reunían comida, cortaban leña y cuidaban los rebaños de cabras. Los niños hacían vendajes, trabajaban en pequeños grupos para organizar los suministros, hacían recados y ayudaban en cualquier cosa que pudieran.

Pese a este esfuerzo colectivo, los soldados sabían que la mayor responsabilidad recaería sobre ellos. Su primer trabajo fue cavar unas trincheras alrededor de las puertas, y dedicaban cualquier minuto libre que tuvieran a entrenar con todo el afán posible. Los largos años de paz habían vuelto a las tropas enanas perezosas y complacientes, pero eso cambió muy rápido. Los clanes escogieron a un experimentado capitán llamado Baltas para encargarse del entrenamiento de los soldados.

Baltas era viejo, más viejo que Skemtun y Bolrakei juntos. Le faltaban una oreja y dos dedos de la mano derecha. Tenía una pronunciada cojera debido a una herida recibida durante una batalla. Pero pese a su avanzada edad y a todas sus heridas, era el guerrero más temible de todo el reino.

Skemtun salió al exterior el primer día para ver cómo iban las cosas. Baltas caminaba por el improvisado campamento, inspeccionando a sus efectivos. Cientos de jóvenes soldados se formaban en posición de firmes. El capitán dio un vistazo a aquellas zarrapastrosas tropas y sonrió, frotándose las manos.

"No hay mucho tiempo pa' poner a estos mocosos en forma", dijo con un brillo malicioso en la mirada. "¡Pero por mis barbas que voy a intentarlo!"

El encargo de defender el Monte Velik de los orcos era una enorme responsabilidad, y Baltas se lo tomó muy en serio. Cada día hacía subir a sus cansadas y sudorosas tropas hasta lo alto de la montaña, y luego los hacía descender. Además de esto, les forzaba a practicar maniobras de batalla hasta dejarlos al borde del desmayo.

Los enanos de más edad no se libraron de la instrucción, y se les exigía tanto como a los jóvenes. Los que tenían experiencia en la batalla eran puestos a cargo de grupos más pequeños. Todos ellos entrenaban desde la salida del sol hasta el anochecer.

En el interior de la montaña, Elías trabajaba mano a mano con los hechiceros enanos para crear y almacenar pociones curativas, mientras Sela y su dragona patrullaban los bosques y otras zonas circundantes. Los días se convirtieron en semanas, y los enanos continuaron sin descanso aquellos febriles preparativos.

A finales del mes hubo varios días de niebla, a la cual siguió una intensa lluvia. El terreno del exterior de la montaña se convirtió en una sopa de barro y el campamento se llenó de quejas y consternación, pero el entrenamiento continuó sin pausa, día tras día.

Cuando los cielos se despejaron y el sol atravesó las nubes, los orcos aparecieron en la lejanía. Claramente visibles en el horizonte, sus ejércitos semejaban una inmensa serpiente verde arrastrándose hacia el Monte Velik.

En la retaguardia de la horda había carretas llenas de suministros y llevaban ganado, probablemente robado de las pequeñas aldeas diseminadas por las llanuras. Tal como Sela había previsto, la caballería de drask precedía a la infantería. Volviendo al Monte Velik a lomos de Brinsop, dio la alarma a todos los clanes, avisándoles de que estarían bajo asedio en cuestión de días.

El campo de entrenamiento fue desmantelado, y los soldados enanos se replegaron al interior de la montaña. Los centinelas ocuparon sus puestos en las almenas, y las mujeres y niños fueron trasladados a cavernas más profundas por su seguridad. Irónicamente, se trataba de las cuevas que habían ocupado antiguamente los Vardmiter.

Sólo había una puerta principal para acceder a la montaña, pero existían varias entradas secretas mucho más pequeñas. Se apostaron soldados también en estos accesos, para garantizar que los orcos no fueran capaces de colarse. La puerta principal, por su parte, fue reforzada con hechizos de protección, y en su interior se soldaron pesadas barras de hierro. Las cabras y demás animales de crianza fueron llevados a corrales ubicados en las cuevas.

Los jinetes de dragón ahora alternaban la vigilancia, observando el progreso de la horda día y noche. El intolerable hedor de miles de cuerpos sin lavar flotaba en el aire, y hacía que sobrevolar la horda fuera algo casi insoportable. Los orcos nunca se bañaban, y tenían la costumbre de untar sus musculosos cuerpos verdes con grasa de animales rancia.

A lomos de sus dragones, Sela y Elías vieron a los orcos penetrar en el poco profundo valle que circundaba el Monte Velik. El enemigo avanzaba a paso firme.

Skemtun salió al exterior y oteó el horizonte, dando un largo y fatigado suspiro. Tenía miedo, por él y por su pueblo.

¿Estaban preparados? ¿Eran lo bastante fuertes para sobrevivir a la inminente batalla? ¿Tenían la fuerza necesaria para resistir hasta el final?

12. LA HORDA

Baltas corría al frente de una fila formada por sus temblorosos soldados, con las aletas de la nariz dilatadas y gritándoles órdenes para que no se quedaran rezagados.

Había sido ascendido a general y ahora estaba al cargo de todas las tropas, incluyendo los arqueros. El consejo enano había abogado por alguien más joven, pero Baltas tenía más experiencia que nadie. Lideraría bien a los enanos en aquella batalla, si es que eran capaces de sobreponerse a su miedo.

"¡Mantened las barbillas altas, amigos!", exclamó para darles ánimos. Sus hombres hicieron lo posible por complacerle. "¡Estamos aquí pa' luchar, luchar, luchar!"

Skemtun seguía al veterano general durante sus rondas, comprobando el estado físico de las tropas. La mayoría de los soldados parecían demasiado jóvenes, y sus habilidades guerreras eran inadecuadas. La instrucción había comenzado tan pronto como se supo que venían los orcos, pero los enanos contaban con escasísimo tiempo para prepararse.

Todas las tropas necesitaban mejorar.

Skemtun había luchado contra los orcos mucho tiempo atrás, cuando su barba aún era oscura y sus nudillos no estaban hinchados por la edad. Aún recordaba vívidamente aquella lucha, y el sentimiento de euforia cuando finalmente lograron el triunfo. Eran hechos muy lejanos, que parecían casi de otra vida, pero era agradable regresar a aquel lugar y recordar.

Las tropas pasaron largas jornadas practicando esgrima y otras habilidades militares. Skemtun los ayudaba en lo que podía. A veces participaba en los simulacros, ensayando movimientos, saltando sobre cuerdas o luchando con armas de madera. En realidad no era un gran guerrero, pero hacía lo posible por mantener el ritmo, y nunca se quejaba. Quería que las tropas lo vieran, que supieran que pensaba aguantar el chaparrón con ellos. Deseaba ser una inspiración para los jóvenes, un acicate. Ellos eran los más deseosos de aprender.

Como uno de los dos líderes de clan supervivientes, todas las tropas trataban de impresionarlo, pertenecieran a su clan o no. Cuando Skemtun estaba presente, los reclutas gruñían más fuerte y corrían más rápido, exhibiendo sus recién adquiridas habilidades de combate. Era una motivación para ser mejores soldados. *No tenemos mucho tiempo pa' prepararnos, las probabilidades de ganar son pocas, pero por lo menos mi presencia parece reanimarlos.*

Después de esos días de entrenamiento Skemtun terminaba rendido, un baño caliente le ayudaba a sentirse mejor. La mañana siguiente, con el cuerpo adolorido, Skemtun regresaba a los entrenamientos. De algún modo, eso le hacía sentirse muy bien, pese al dolor; incluso le ayudaba a distraerse de la terrible realidad que afrontaban.

Necesitaban más. Más suministros. Más catapultas. Más flechas. Más cubas de aceite hirviendo. Más de todo.

Había escasez de toda clase de equipamiento necesario. Pero sin duda lo peor era que no tenían suficientes soldados, estaban especialmente faltos de arqueros experimentados. Los arqueros eran su primera línea de defensa. ¿Pero de qué sirven mil flechas sin arqueros para dispararlas?

Todos los enanos vestían una sólida coraza con cota de malla debajo, al menos tenían eso. La coraza era pesada e incómoda, pero valía la pena. *Una buena coraza salva vidas.*

Kathir tenía razón en todo: su reino no estaba preparado para la guerra. Podía apreciarse en sus magros suministros, en sus tropas atemorizadas. Y ahora era tarde para preparar una defensa adecuada.

Pensando en Kathir, Skemtun recordó su conversación de aquel fatídico día, unas semanas atrás. Le costaba pensar en ello. El hombre de Miklagard había aparecido repentinamente en su vida, trayendo con él una avalancha de malas noticias. Qué lejano parecía aquello. Recordaba lo que hablaron palabra por palabra: su propia negación de la crisis y de la inminente guerra, cómo había tratado de ignorar aquellas ominosas advertencias. Pero todo era verdad: su rey había muerto y la guerra estaba a la vuelta de la esquina. Sin embargo, no fue hasta la dramática entrada de Sela que aceptaron que los orcos se encontraban ya en marcha.

"Debí haber escuchado a Kathir", se dijo para sus adentros. "Habríamos tenido más tiempo para prepararnos. Me dejé llevar por mi estúpido orgullo, y perdimos unos preciosos días por mi obstinación. Ahora la muerte nos pisa los talones".

Kathir nunca volvió a mencionar el asunto, ni trató de hacer sentir culpable a Skemtun por ignorar sus advertencias, algo que le honraba. Se limitó a ocupar su puesto como guardaespaldas y a seguirlo por toda la montaña. Sabiendo que se les avisaría de inmediato si el asedio daba comienzo, en los últimos días ambos solían recorrer las cavernas para ayudar a acumular algunas provisiones finales.

El mercenario también había acertado respecto a los Vardmiter. El Monte Velik estaba muy debilitado sin sus efectivos, que como mínimo habrían proporcionado un valioso apoyo a las tropas. Para mayor mortificación, ahora estaban a salvo de los orcos, a quienes no les interesaban las Montañas Highport. ¿Y quién podría culparlos? Eran un lugar horrible para vivir: mal diseñado, oscuro, húmedo y tan frío que en sus cavernas llegaba a formarse hielo. Solo unas semanas antes, Skemtun se había preguntado por qué querría nadie vivir ahí. Ahora veía las cosas de otra forma. Los exiliados estaban seguros en su nuevo baluarte, mientras que su clan debería luchar a muerte en el Monte Velik. Los Vardmiter volvían a ser los últimos en reír.

Todo el continente corre peligro. ¡Deberían estar aquí

ayudándonos en la lucha!

"Si al menos", se había dicho una y otra vez, "si al menos no se hubieran ido cuando lo hicieron, tendríamos más efectivos, más suministros..." Por más que lo intentaba, tales pensamientos no dejaban de resonar en su mente. Aquella constante ansiedad afectaba a su confianza.

Se detuvo y se quedó mirando al horizonte con mirada ausente. Simplemente no era justo.

Baltas lo miró y lo despertó de su ensueño con un grito. "¡¿Por qué te quedas mirando a las musarañas?! ¡¿Estás soñando despierto?!"

El capitán seguía marchando hacia arriba y abajo de la línea gritando órdenes, y Skemtun se dio cuenta de que se había quedado ensimismado... una vez más. Inspiró fuertemente, tratando de despejarse. "Lo siento, se me fue la cabeza un instante".

"Bueno, trata de mantenerte alerta. ¿Vienes con nosotros o no?"

"Voy, voy", resopló Skemtun, reanudando la carrera para alcanzar a Baltas.

"Hay que darse prisa, hoy tenemos un montón de trabajo. Es hora de empaquetar el equipo y prepararse" gritó el capitán.

Instantes después, dos cortos soplidos del cuerno de guerra les indicaron que era la hora de levantar el campamento. Todo el mundo se puso en marcha para transportar el material al interior lo más rápido posible.

Los jinetes de dragón les habían enviado un nuevo informe. La primera oleada de tropas orcas estaba a menos de un día de marcha. Durante las tareas de recogida, Skemtun pudo divisar unos árboles agitándose en el horizonte. En algún lugar del bosque, un árbol cayó con estrépito, provocando una desbandada de pájaros. El enemigo estaba ahí fuera, no muy lejos ya, avanzando oculto entre los árboles. El redoblar de los tambores de guerra era ya claramente audible; un constante martilleo que mermaba la resolución de los enanos.

También había señales visuales: un ominoso polvo negro se elevaba alrededor de la horda mientras esta se desplazaba. Los orcos pisoteaban la tierra caminando con la espalda encorvada y arrastrando sus armas tras de sí. No marchaban formando una línea recta como los enanos o los hombres, sino en grupos desordenados.

La horda llegó al límite del bosque y se detuvo. Los enanos por fin pudieron ver físicamente al enemigo, pero lo que se apreciaba en la distancia era una simple fracción de lo que se ocultaba tras los árboles. Pululaban por las lindes del bosque como una gigantesca masa de gusanos. Skemtun negó lentamente con la cabeza, dejando escapar un gemido. Tal como habían dicho los jinetes de dragón, sus efectivos eran muy superiores a lo que nadie imaginaba. A espaldas de la horda, una gran franja de bosque ardía, provocando una humareda negra y grasienta.

En pocas horas los orcos se encontrarían frente a sus puertas, mancillando el Monte Velik con su pútrida presencia. Estaban sedientos de sangre, y no se detendrían hasta haber conquistado la montaña.

Son ellos… o nosotros.

Entretanto los dos jinetes de dragón patrullaban los cielos. En las últimas semanas habían visto desde lo alto cómo la horda atravesaba las llanuras quemando todo a su paso. Durante ese tiempo no dejaron de mandar informes a los enanos, y cada uno parecía peor que el anterior.

Tratar de calcular el número de los orcos era casi imposible. La primera estimación había sido de diez mil efectivos, un número sorprendentemente alto, pero todavía manejable. Luego el número subió a quince mil. La noche anterior, Sela había comunicado al consejo que podría haber hasta veinte mil guerreros orcos, y esa cifra ni siquiera incluía a los drask.

Sela y su dragona roja Brinsop patrullaban el oeste, mientras que Elías y su dragón blanco Nydeired vigilaban los bosques cercanos al Monte Velik. El día anterior Nydeired había sorprendido y matado a un explorador orco.

Mientras los números del enemigo no dejaban de aumentar, los efectivos de los enanos permanecían igual. Su pequeño contingente, de apenas tres mil soldados, tendría que bastarles; no disponían de un solo guerrero más. Todas las mujeres, niños y ancianos fueron trasladados a una enorme caverna en lo profundo de la montaña, la cual tenía un pasadizo secreto que conducía al exterior… por si llegaban a necesitarlo.

Skemtun se dirigió a la azotea, tratando de concentrarse en la tarea que tenían entre manos. Allí también estaban ultimándose los preparativos para la defensa. Unos jóvenes soldados atendían las cubas de aceite hirviendo, manteniendo encendido el fuego y removiendo su contenido.

Dos hechiceros enanos levantaban hechizos de protección frente a las murallas. Había otros cuatro magos en el reino, que habían sido enviados a la gran caverna para proteger a las mujeres y los niños. Si las defensas eran traspasadas, deberían usar su poder para conducirlos a un lugar seguro. Skemtun deseaba sinceramente que no fuera necesario.

Se detuvo para estrechar la mano a un amigo, hablando brevemente con él. A su alrededor se reunió una pequeña multitud de enanos, todos ellos deseando saludarlo o compartir alguna historia con él.

Baltas entró a paso vivo en la azotea para hacer una última revisión de sus defensas, y los soldados se pusieron en posición de firmes.

El capitán miró a un joven enano que permanecía agachado con las manos en las rodillas y aire muy abatido. Parándose frente a él, lo agarró por la cota de malla y lo hizo levantarse de un tirón. Arrugando la frente, miró con severidad a sus aterrorizados ojos. "¿Qué te pasa, chaval? ¿Vas a vomitar?"

El enano apenas había cumplido veinte ciclos. Tenía una palidez cenicienta y los ojos rojos debido al llanto. "No, señor. No hay ningún problema en absoluto", dijo, sorbiendo con la nariz y limpiándosela con el dorso de la mano.

"No te arrugues delante de mí. ¿Por qué lloriqueas? ¡Sé fuerte, muchacho!"

El soldado hipó, incapaz de responderle. Las

palabras del capitán no parecían ayudarle.

Skemtun se acercó y puso sus manos sobre los hombros del joven. "Mira, amigo, no pasa nada por estar asustado. A veces yo me asusto también. Pero pase lo que pase, recuerda que el Monte Velik te necesita". El muchacho volvió a sorber y asintió, pero pese a ello parecía aún más compungido.

Skemtun miró al suelo, negando pausadamente con la cabeza. "No, espera. Olvida eso. Olvida el Monte Velik".

Baltas se inclinó hacia él, apretujando sus ojillos con forma de concha. "¡¿Eh?! ¿A qué estás jugando?", le dijo en un irritado susurro. "¿Has perdido la chaveta?"

Skemtun lo hizo callar con un gesto de la mano. "Dame solo un minuto. Dime, hijo, ¿a qué clan perteneces?"

"Soy de *Klorra-Kanna*, señor", explicó el muchacho con voz entrecortada.

Skemtun se esforzó por no torcer el gesto. *Ugh, Klorra-Kanna... el clan de Bolrakei. Pero es solo un muchacho, y está asustado como todos los demás. Quizá las relaciones entre los clanes no importen tanto, especialmente en un momento como este.*

"Entiendo. Mira, olvídate de tu clan también. No luches por ellos. No me importa lo que te hayan dicho los demás. Nada de eso importa ahora".

"¿E-entonces por qué estamos luchando?", preguntó el joven soldado.

Skemtun elevó la voz, lo suficiente para que toda la multitud de la azotea lo escuchara.

"¡No luches por nuestro reino! ¡Ni siquiera por

tu clan!" Hizo una pausa, durante la cual todas las cabezas se giraron y todos los ojos se clavaron en él. "¡No! ¡Lucha por tu madre! ¡Por tu padre! ¡Lucha por los seres que amas y por aquello en lo que crees! ¡Y nunca les falles!"

A su alrededor se formó un círculo de enanos que lo observaban emocionados. Subiéndose a un cajón cercano para que todo el mundo pudiera verlo, enderezó su cuerpo y alzó las manos. "¡Os hablo hoy no como líder de clan, sino como hermano y como amigo! ¡Todos somos parte de la misma familia!"

Surgieron algunos vítores de la multitud. Estaban empezando a sentirlo: les estaba dando un hilo de esperanza. Skemtun les dirigió una radiante sonrisa. Nunca había sido un gran orador, pero ahora las palabras se vertían de su boca como agua de una jarra.

"¡Sí, los pieles verdes son una amenaza! ¡Para todos! ¡Pero no temáis! ¡Esta es nuestra oportunidad de probar nuestra valía! ¡Y yo creo en vosotros! ¡Terminaremos esta lucha victoriosos! No olvidéis las caras de vuestros hermanos y hermanas, madres y padres. Y no olvidéis tampoco a los hermanos que tenéis a vuestro lado. ¡Pero por encima de todo no olvidéis vuestro valor! ¡Está ahí, en lo más profundo de vosotros, esperando la ocasión para salir!" Sus palabras sonaban alto y claro a lo largo de toda la muralla.

Surgieron más gritos entre las tropas. "¡Te seguiremos, Skemtun!" El líder de Marretaela desprendió su hacha de batalla del cinturón y la levantó hacia lo alto. Todos los soldados siguieron su ejemplo.

"¡Usad el corazón! Dejad que él guíe vuestra hacha. Luchad ahora, hacedlo sin miedo, ¡para vivir otro día junto a vuestros seres amados!"

El eco del discurso se había extendido por la fortaleza. Otros soldados fueron llegando y se unieron a la multitud, cada vez más entusiasta. "¡La muerte puede acecharnos, pero no nos derrotará! ¡No hoy! ¡No mañana! ¡Ni nunca!"

Las tropas respondieron con una atronadora aclamación. "¡¡Sí, Skemtun!! ¡¡Sí, Skemtun!!", rugían todos con una sola voz, agitando los puños en el aire. Sus gritos retumbaron como un trueno, ahogando el sonido de los tambores de guerra orcos.

Skemtun se bajó del cajón, volviendo al lado de Baltas. Caminaba con la cabeza alta, y el sol le iluminaba el rostro. Baltas se le acercó, dándole una enérgica palmada en el hombro. Sus curtidas facciones estaban atravesadas por una amplia sonrisa. "Un discurso extraordinario, viejo amigo. Extraordinario, ya lo creo. ¡Los has encendido a todos!"

Skemtun rio. "Sí, tenía la esperanza de lograrlo. Las palabras salieron sin más, y bueno, parece que ha funcionado, ¿no?" Todos los soldados sonreían ahora, vitoreando, saltando y dando gritos de guerra. Algunos incluso empezaron a entonar canciones de batalla. "¿Todo listo, pues?"

Baltas observó la línea de un extremo a otro. "Eso creo. Parecen listos pa' la lucha. Ya solo falta que los orcos lleguen hasta la puerta. Y pa' serte sincero, prefiero que empiece lo antes posible. La espera es la peor parte, tu sabes, al menos pa' mi. Pa' estos pobres muchachos es un suicidio".

Skemtun se detuvo para examinar las almenas. Los talladores habían trabajado día y noche para reforzarlas, doblando su grosor. La azotea en la que estaban se extendía sobre las puertas principales del reino, penetrando en la montaña por ambos extremos. Podía acomodar a doce enanos caminando en paralelo, y estaba construida en gruesa piedra, buena piedra. Y fuertemente resguardada también. Los hechiceros enanos habían vuelto a reforzar las defensas al amanecer. Esos muros eran fuertes. Las puertas estaban hechas de hierro pesado, y su marco se incrustaba profundamente en los gruesos muros de piedra que las rodeaban.

Los enanos habían construido aquellas defensas hacía eones. Sobre un saliente rocoso encima de la puerta principal, los canteros de aquellos tiempos lejanos reunieron las piedras más grandes que pudieron encontrar y empezaron a construir. Levantaron un muro muy alto, dejando solo un estrecho espacio entre el mismo y la cima de la montaña. La torre de batalla estaba tallada en la misma roca, y era imposible de escalar.

Skemtun dio un vistazo a la estrecha entrada a la ciudad enana que tenían a sus espaldas. "¿Cómo va todo en la ciudad?"

Baltas se encogió de hombros. "Tan bien como puede esperarse, supongo. Las mujeres y los niños están muertos de miedo, pero no hay mucho que podamos hacer al respecto".

Acariciando la lisa roca de las almenas, Skemtun suspiró. *Sí, defenderemos las puertas. Resistiremos con todo. Tenemos que hacerlo.* Pero la horda seguía avanzando en la distancia, y sus dudas regresaron. *¿Podríamos haber reforzado mejor los muros? ¿Hacerlos más altos? ¿Serán suficiente?*

Temía el resultado de la batalla. Había tantos, tantos orcos... simplemente eran demasiados. Sus gritos ya se escuchaban en el campo que se extendía frente a la montaña.

Ha llegado la hora.

La tarde pasó en medio de una tensa espera. Skemtun se negó a abandonar la azotea, decidido a hacer guardia toda la noche. Permaneció detrás de las almenas, jugando nerviosamente con su hacha.

Al caer la noche, llegaron por fin.

Un pequeño contingente de orcos fueron los primeros en acercarse, y pronto se encontraban frente a la puerta. Los asaltantes empezaron a aporrear la entrada con sus armas, haciendo tanto ruido como les era posible, y alzando sus lanzas como demostración de fuerza. La luz de la luna se reflejaba en sus mangos de hueso.

Al poco llegó otro escuadrón, que marchó hacia los árboles frutales y les prendió fuego con las antorchas, incendiando aquella preciosa fuente de alimento. El aire se enrareció con el olor de las hojas y ramas quemadas; todos los árboles estarían calcinados a la mañana siguiente. Los orcos ladraban y aullaban, satisfechos con su primer acto de destrucción.

Llevaban arcos a las espaldas, tras las cuales

asomaban los penachos de sus flechas. Algunos vestían unas corazas de espeluznante aspecto, hechas con huesos cosidos sobre piel de animal. Otros llevaban una coraza de cuero normal, y otros no vestían más que un taparrabos. Estaban abominablemente sucios, y emitían un olor tan pestilente que algunos enanos se marearon. Skemtun se giró para consultar a Baltas. "¿Tratamos de rechazarlos?"

El capitán negó con la cabeza y alzó la mano, ordenando a los enanos esperar. "Aún no, si disparamos demasiado pronto desperdiciaremos nuestras flechas. Este no es un ejército normal, están eufóricos y confían en su número. Nunca romperían filas y se dispersarían en la primera andanada, es mejor esperar un poco".

Así pues, los enanos mantuvieron sus posiciones y esperaron. Los minutos pasaban, y los orcos no hacían mucho más que gritar y causar un alboroto general. La luna se elevó en el cielo, bañando todo el bosque con su luz.

"Parecen estar esperando alguna clase de señal", murmuró Baltas.

"Quizá", dijo Skemtun, asomándose al campo.

Entonces les llegó el estruendoso y terrible gemido de un cuerno de guerra. Estaba muy lejos, en la linde del bosque, pero tuvo un efecto estremecedor.

"¿Has oído eso?", preguntó Skemtun con gesto inquieto.

"Sí", respondió Baltas. "No era uno de los nuestros".

En la distancia, una torre de asalto emergió de

entre los árboles, empujada por la horda. Un desdichado orco cayó unos metros frente a la máquina, haciéndose daño en un tobillo. La criatura gritó pidiendo ayuda, pero la rueda pasó sobre su cuerpo, aplastándolo y esparciendo sus entrañas por el suelo. Los pieles verdes siguieron adelante sin pestañear, como si nada hubiera ocurrido.

Skemtun apartó los ojos de aquella espantosa visión, sintiendo que se le revolvían las tripas. *¡Son monstruos, todos ellos!* Cuadrando la mandíbula, asió con fuerza el mango de su hacha. *¡Tengo algo para estos apestosos pieles verdes! ¡La sangrienta muerte que merecen!*

Algunos orcos transportaban escalas de asedio sobre sus cabezas. Estaban toscamente construidas, siendo poco más que masas de palos y cuerdas unidos, pero podían cumplir su objetivo igualmente. Trabajaban en grupos pequeños y organizados. Había estructura... y orden. Nunca había visto nada igual. Por una vez los rumores eran ciertos: los orcos tenían un líder que sabía lo que hacía. El Rey Nar, calculador e inteligente, los había entrenado bien.

Tan pronto como las tropas llegaron a las puertas, un nuevo cuerno sonó y los orcos se precipitaron hacia la muralla, apoyando las escalas contra la misma. Esta vez los enanos respondieron de inmediato.

"¡Preparad las cubas!", gritó Baltas. Los enormes recipientes hervían, emitiendo espesas columnas de humo. El aceite estaba mezclado con alquitrán, y preparado de forma que se adhiriera a cualquier cosa con la que entrara en contacto. Era un emplasto mortal. Baltas alzó un brazo. "¡¡Verted el aceite!! ¡Lanzadlo tan lejos como podáis, amigos! ¡Vamos a darles donde duele!"

Contando hasta tres y balanceando las cubas, los defensores lanzaron su contenido. El burbujeante aceite voló, formando una ola negra que cubrió a los orcos que ascendían por las escalas y a los que se encontraban junto a la puerta. Gritos agónicos se elevaron mientras el aceite hirviente desprendía su piel verde. La mayoría se desplomaba y moría al instante, pero otros se quedaban un rato gritando y revolviéndose en el suelo.

Los atacantes se retiraron apresuradamente de las puertas. Los cuerpos de los suyos eran pisoteados, pateados y finalmente sacados del campo de batalla y apilados en un montón. Skemtun se alegraba por algo: los orcos no usaban sanadores, pues los consideraban una debilidad. A los caídos se les dejaba morir y después se les quemaba.

Baltas señaló a sus espaldas, donde había más cubas de aceite. "Traed esos calderos para acá, debemos prepararlos para cuando vuelvan". Los soldados hicieron lo que se les ordenaba, y arrastraron los recipientes con aceite frío hasta las hogueras que ardían en la parte delantera.

El capitán ordenó preparar también las catapultas. Los defensores tenían cuatro catapultas pequeñas y dos más grandes. Las pequeñas poseían una precisión letal, mientras que las grandes servían para lanzar enormes pedruscos sobre grupos más alejados.

"¡Preparad las esferas flamígeras!", gritó Baltas.

Las esferas eran grandes bolas de hierba comprimida, empapadas de grasa y rebozadas de alquitrán. El centro de la bola contenía una esfera de cristal llena de líquido inflamable que estallaba con el impacto.

"¡Girad las manivelas!" Los soldados colocaron las esferas en las catapultas pequeñas y giraron sus mecanismos para preparar la primera andanada. Justo antes de realizar el disparo, prendieron fuego a las bolas. Baltas examinó las catapultas y asintió. Alzando el brazo, gritó a pleno pulmón: "¡¡FUEGO!!"

Las bolas flamígeras pasaron sobre las murallas, volando hacia los orcos como un enjambre de avispas. Al llegar al suelo, estallaron con gran estrépito y se fragmentaron formando una cascada mortal. El líquido inflamable incendiaba todo lo que les rodeaba, haciendo huir despavoridos a los orcos. Muchos caían al suelo envueltos en llamas.

"Eso ha estado bien, ¿pero ahora qué?", preguntó Skemtun. "Al menos han retrocedido un poco", dijo Baltas, hablando sin levantar la voz para no alarmar a sus soldados. "Pero hemos gastado casi la mitad de nuestros suministros solo con esto. Es el ejército más grande que he visto nunca".

Ambos examinaron las sombras en movimiento del campo que tenían a sus pies, temiendo lo que se avecinaba. Más y más orcos seguían brotando del bosque, oleada tras oleada, formando un mar verdoso. *¿Es que no van a acabarse nunca?* Su número era apabullante, inconcebible.

Las tropas invasoras habían prendido hogueras para quemar a sus muertos, y el humo procedente de esas piras funerarias empezó a llegar a la montaña, formando una fétida nube. Abrumados por el hedor, varios enanos abandonaron su puesto para ir a vomitar en la pared.

Cuando las llamas se extinguieron, los orcos tomaron sus escalas y se dirigieron de nuevo hacia la puerta. Al llegar se detuvieron allí, esperando una señal.

Baltas volvió a vociferar órdenes. "¡Preparad las catapultas grandes! ¡Cargadlas con la gravilla!" Los soldados obedecieron, cargando las máquinas con multitud de rocas de forma diamantina y afiladas en ambos extremos. En cuanto estuvieron listos, Baltas dio la orden. "¡Descargad, ahora!"

Las aguzadas rocas sobrevolaron las murallas en dirección a las líneas enemigas, silbando y girando sobre sí mismas. Cuando alcanzaron a la masa de orcos, estos trataron de evitarlas, pero no pudieron protegerse de aquella lluvia letal. La "gravilla" tuvo un efecto devastador, atravesando pechos y estómagos, cercenando miembros y cuellos. Los enanos oían el crujir de huesos desde las almenas.

Pero tan pronto como aquella primera línea cayó, más pieles verdes corrieron a reemplazarla. No importaba cuántos mataran los defensores, parecían ser repuestos sin el menor problema.

Baltas volvió a alzar el brazo. "¡Descargad! ¡No paréis! ¡Descargad!" Más piedras atravesaron el cielo.

"¡Mientras sigan atacando, quiero que sigáis disparando!", ordenó el capitán. Corriendo hacia el frente del parapeto, tomó un arco que había en el suelo.

"¡Arqueros, a la muralla!", gritó.

Los aludidos prepararon sus arcos, unas armas exquisitamente labradas, tan bellas como letales.

"¡Apuntad!", gritó Baltas. Los soldados prepararon las flechas y tensaron los arcos, esperando la orden. "¡¡DISPARAD!!"

El punteo de las cuerdas resonó en el aire, y una nube de flechas negras oscureció la luna como una bandada de murciélagos, describiendo una pronunciada parábola. La lluvia mortal cayó sobre la vanguardia enemiga, alcanzando numerosos objetivos. Los orcos se derrumbaron retorciéndose de dolor, con las saetas profundamente clavadas en sus cuerpos. Baltas volvió a levantar el brazo. "¡¡Disparad!!"

Una segunda lluvia de flechas cayó sobre el enemigo, pero esta vez los orcos alzaron sus escudos para defenderse. Muchos de los proyectiles repiquetearon contra ellos, cayendo al suelo sin causar daño. Baltas tensó su propio arco para disparar junto a los demás. "¡Otra vez! ¡Otra vez!"

Nube tras nube de flechas emergió de las almenas, pero simplemente no eran suficientes. Cientos de enemigos caían, y miles más llegaban como un torrente para llenar su hueco. Los cuernos volvieron a atronar en el aire, y más pieles verdes aparecieron en el campo de batalla, dando gritos de guerra. La horda era interminable.

La torre de asalto se bamboleaba a través de la llanura, en dirección a las puertas. Algunos de los orcos se detuvieron y dispararon sus flechas impregnadas de veneno. A unos pasos de Skemtun, un joven enano trataba de mirar hacia abajo asomando la cabeza entre las almenas. Segundos después se le oyó gritar, y se desplomó hacia atrás soltando su arco, con una flecha negra profundamente clavada en un ojo.

"¡Apartaos de las almenas!", gritó Baltas. "¡Los conjuros solo funcionan si estáis detrás de ellas!"

Tras un nuevo soplido de cuerno, los orcos de las escalas se pusieron en marcha y empezaron a trepar por los muros.

"¡Preparad el resto del aceite!", gritó Baltas. Unos soldados se acercaron a la carrera, desplazando las cubas restantes sobre sus soportes móviles. El hirviente contenido cayó sobre los asaltantes, aumentando aún más el caos de la batalla. Los terribles gritos de los orcos ardiendo llegaban en oleadas hasta las almenas.

Skemtun sabía que no durarían mucho con tantos enemigos disparándoles desde una distancia tan corta. Soltando su arco, corrió hasta la retaguardia y tomó una antorcha. A continuación la elevó sobre su cabeza y se dirigió a los demás:

"¡Coged una antorcha! ¡Todos los que no estén disparando flechas o piedras *tienen que coger una antorcha!*"

Los soldados corrieron a obedecer la orden, encendiendo sus antorchas en los braseros que mantenían el aceite caliente. Transportando su tea como una baliza, Skemtun atravesó la fila de los arqueros y se colocó entre dos almenas. "¡No intentéis dar a los orcos! ¡Apuntad a donde el suelo parezca húmedo!"

A continuación arrojó al vacío la antorcha, que descendió silbando y chasqueando hasta llegar a una parte del suelo impregnada de aceite. Un muro flamígero se levantó, envolviendo a los atacantes. Los orcos chillaban y corrían, llevándose las manos a sus rostros ardientes. Skemtun gritó a uno de los hechiceros que quedaba en la azotea. "¡Refuerza el muro de fuego!"

El mago se situó tras él y alzó sus huesudos brazos. Sabía lo que tenía que hacer. "¡Incêndio!", exclamó roncamente.

Las llamas brillaron con un pálido resplandor. Volviéndose más blancas y calientes, se extendieron por el campo consumiendo todo a su paso. "¡Incêndio!", gritó de nuevo el hechicero con voz fatigada, y el fuego siguió avanzando rápidamente hacia la horda. El muro flamígero se oscurecía con manchas de humo cada vez que un orco era consumido por las llamas. Los pieles verdes daban agónicos gritos y se arrancaban sus armaduras de cuero, ardiendo junto a sus instrumentos de asedio.

"¡Tratad de destruir el ariete!", gritó Baltas, y los hechiceros renovaron el conjuro flamígero una y otra vez. Las llamas alcanzaron el lugar donde se encontraba la torre de asedio, preparándose para su primer asalto. El fuego envolvió el ingenio y prendió sus ruedas de madera, haciendo huir a los soldados que lo manejaban. La torre no tardó en colapsarse, convertida en una pira ardiente.

El fuego seguía avanzando vorazmente, provocando una carnicería que los enanos observaron con satisfacción. El aire estaba tan lleno de humo que apenas podía distinguirse el campo de batalla. Fueron pasando los minutos, y después las horas. Cuando por fin se empezó a disipar el humo, no había más que cadáveres calcinados hasta donde alcanzaba la vista.

Los cuerpos, cubiertos de sangre y hollín, se apilaban uno encima de otro. Restos de su equipamiento yacían en el suelo, chamuscados y rotos. Baltas se acercó a Skemtun y le dio una fuerte palmada en el hombro. "Ah, un buen trabajo. Les golpeamos duro".

Faltaban unas horas hasta el amanecer, y los orcos seguirían combatiendo mientras hubiera oscuridad; quizá incluso después del alba. Pero su vanguardia había sido diezmada, sufriendo miles de bajas. Skemtun fue esbozando lentamente una sonrisa. "Quizá haya alguna esperanza después de todo, ¿eh?"

Baltas le devolvió el gesto. "Sí, pensé que sería duro, y lo ha sido, pero puede que ya haya pasado lo peor. No les queda ninguna herramienta de asedio, excepto quizá algunas escalas, y eso no basta para romper nuestras defensas. Ahora solo debemos resistir sus oleadas e ir reduciendo su número hasta que se den por vencidos y regresen a casa. Unos meses de resistencia y acabarán dándose la vuelta, como hicieron la última vez. Sí, pueden golpear las puertas, pero sin el equipo adecuado, ¿de qué les servirá? ¡Quizá el Rey Nar no es tan astuto como todos creen, ja ja!"

Skemtun sentía ganas de saltar y celebrar. "Una victoria como esta es justo lo que necesitábamos. Y con los orcos diezmados, podemos incluso recibir ayuda de los jinetes de dragón. Pueden traernos provisiones y coordinarnos con nuestros aliados. ¡Lo lograremos!"

"¡Sí, lo haremos!", dijo Baltas afablemente. Todos los soldados de la azotea empezaron a celebrar jubilosamente, dando hurras y palmeando con sus guanteletes las acorazadas espaldas de sus compañeros.

Pero entonces otra cosa les llamó la atención. Unos repentinos gritos hicieron girarse a Baltas y mirar más allá del campo de batalla, detrás del humo y los rescoldos de las llamas. Frunciendo las cejas, murmuró: "¿Qué infiernos es eso…?"

"¿El qué?", preguntó Skemtun.

"Mira. ¡Mira eso!" Baltas señalaba a la distancia con un tembloroso dedo.

Skemtun miró en la dirección indicada. De los árboles del bosque estaba emergiendo un ejército de drask, caminando pesadamente y lanzando dentelladas al aire con sus babeantes mandíbulas.

"Bueno, los drask no pueden escalar muros", dijo.

"No, eso no", respondió Baltas. "Mira detrás de ellos".

Skemtun se esforzó por ver a través de la oscuridad y la neblina. Al divisar lo que había inquietado al viejo enano, se quedó sin aliento por un instante: una nueva torre, cubierta con ramas para camuflar su presencia, había llegado desde la retaguardia. A medida que avanzaba, los orcos le quitaban su cubierta vegetal. El desplazamiento de la máquina producía un sobrecogedor rechinar metálico.

Esa torre de asedio era gigantesca, fácilmente el doble de grande que la que acababan de destruir. A juzgar por su aspecto, también estaba mucho mejor construida. Mientras que la estructura de la anterior estaba hecha de madera y cuerdas, esta tenía una reluciente cubierta metálica e incontables hileras de picas de bronce. En la parte frontal destacaba una enorme cabeza de hierro, cubierta de alquitrán negro y modelada con la forma de un martillo.

Skemtun comprendió, estremecido. *¡La otra máquina solo era un señuelo! ¡El Rey Nar nos ha engañado!* La terrible revelación le golpeó como un puñetazo en el estómago.

El colosal ingenio se deslizaba colina abajo, en dirección a los campos calcinados. Incontables orcos lo empujaban desde atrás, mientras el resto de tropas jaleaba salvajemente su lento avance. En el horizonte, el sol estaba empezando a asomar. Los enanos habían agotado todo su aceite, y necesitarían un día para preparar más. También habían gastado la mitad de sus flechas, y los hechiceros estaban agotados. ¿Qué esperanza había de impedir la invasión ahora?

Cuando la torre llegó a una zona empinada, las viles criaturas debieron redoblar sus esfuerzos, pero lograron seguir adelante.

Baltas lanzó una maldición. Los enanos habían jugado sus cartas demasiado pronto, pero de nada servía lamentarse. Tenían que luchar. Con voz temblorosa pero enérgica, dio órdenes a sus hombres. "¡A las catapultas! ¡Derribad esa máquina!" Los enanos cargaron las máquinas con piedras de distintos tamaños, todo lo que encontraron. "¡¡DESCARGAD!!", rugió el capitán, y las piedras volaron hacia la nueva oleada orca. Docenas de enemigos cayeron, pero la máquina no recibió ningún daño visible.

"Lo lograremos", dijo Baltas con voz ronca. "Siempre lo hemos logrado en el pasado, y volveremos a hacerlo".

Skemtun asintió y quiso responderle, pero cuando abrió la boca fue incapaz de hablar; de su garganta solo salió un balbuceo. Mirando a las tropas, se dio cuenta de que estaban temblando. Cualquier sentimiento de valentía se había esfumado, y el miedo y la confusión se reflejaban claramente en sus rostros. Entendiendo que debía reponerse, enderezó el cuerpo y serenó su gesto. Tenía que mostrarse valiente, aunque solo fuera por sus soldados.

La torre atravesó la peor de las zonas calcinadas, aplastando cuerpos muertos en su camino. Ahora volvía a ir colina abajo, y la inercia la hacía avanzar rápidamente. Más orcos corrieron para rodearla, empujándola entre gruñidos y dirigiéndola en la dirección correcta.

Cerca de la retaguardia de la horda apareció un enorme orco vestido con cota de malla. Allí, a lomos de un gigantesco drask acorazado, estaba el mismísimo Rey Nar. Su descomunal pecho estaba cubierto por una magnífica armadura negra, decorada con cráneos de animales pulidos, y del costado le colgaba un sable. Se encontraba enfrascado en una conversación con otro orco. En un momento del diálogo ensanchó la boca, revelando dos afiladas hileras de relucientes dientes amarillos, todos ellos más largos que el pulgar de un hombre. Incluso desde aquella distancia, se apreciaba que el rey orco estaba riéndose.

Al amanecer, la nueva máquina llegó a las puertas. Durante un breve momento, el mundo quedó paralizado y en silencio. Skemtun alzó su odre y tomó un trago de agua con mano temblorosa.

Los jinetes de dragón estaban directamente sobre ellos, volando en una cerrada formación circular. El enano no podía ver sus caras, pero sabía lo que estaban pensando: si las puertas caían, la situación sería dramática. Baltas había insistido en que participaran en la lucha, pero finalmente lograron convencerlo de que las vidas de los dragones eran demasiado preciosas. Solo intervendrían en caso de absoluta necesidad.

Los orcos colocaron la torre en posición y agarraron las cuerdas. Tirando fuertemente de ellas, levantaron la cabeza metálica tan alto que casi llegaba hasta las almenas. Después las soltaron, dejando que el martillo se proyectara hacia adelante.

"¡¡ARIETEEEE!!", gritó Baltas. Un gran estruendo, como el de un trueno, resonó por el aire al producirse el impacto. El suelo tembló horriblemente, y los soldados apostados sobre las puertas se tambalearon de un lado a otro. Dos arqueros cayeron al vacío, siendo rápidamente despedazados por los orcos al llegar al suelo.

Baltas corría por la azotea gritando órdenes a sus acobardadas tropas. "¡Cuidado! ¡Alejaos de las almenas!" Se escuchó otro estruendo, seguido de un crujido y unos lamentos de dolor. El golpe del martillo había destrozado una de las almenas, alcanzando también a varios soldados.

Kathir apareció repentinamente en lo alto de las escaleras. Durante un segundo permaneció allí paralizado, asimilando la sobrecogedora escena. "¡¿Qué pasa aquí?! ¡¿Por qué no me avisó nadie?!", exclamó con gran agitación.

Skemtun se giró hacia él, horrorizado. "¡Los orcos están en la puerta! ¡Han penetrado las defensas!"

Kathir corrió a su lado. "¡Tengo que sacarte de aquí!"

"¡Boom!", volvió a sonar el ariete, golpeando las viejas puertas. Apareció una abolladura en la hoja derecha, y una de las bisagras se desprendió de su marco. Los terribles golpes causaban desprendimientos que cubrían de escombros al ariete y a los orcos cercanos al muro. Una enorme nube de polvo los envolvió, pero los monstruos no detuvieron el ataque. "¡Boom!" Otro impacto.

Instantes después, las puertas de hierro del Monte Velik se desplomaron.

Miles de orcos se lanzaron al ataque, superando por completo al pequeño batallón apostado en la entrada y atravesando imparables las puertas destruidas. Los enanos observaban horrorizados cómo la horda penetraba en su ahora indefensa ciudad.

Baltas se giró, tratando de manejar aquella

situación. "¡Han traspasado la muralla! ¡Necesitamos ayuda! ¡Salvad a las mujeres y los niños!"

Kathir corrió hasta el borde de la azotea. "¡Por favor, Skemtun, debes escucharme!", suplicó al enano, agarrándolo por el brazo. "Tenemos que salir de aquí inmediatamente, si no lo hacemos ahora no habrá otra oportunidad. Los orcos aparecerán por la escalera de un minuto a otro. ¡Tengo el deber de proteger tu vida!"

Con las venas llenas de adrenalina, Kathir trataba de empujar a Skemtun hacia la puerta. Los soldados estaban en pánico, convencidos de que se habían quedado atrapados en la azotea, sin posibilidad de escape.

Skemtun se revolvió y tomó su hacha, alzándola sobre su cabeza. "¡No puedo abandonar a mi gente! ¡Debo estar con ellos hasta el final!"

Escucharon un fuerte gruñido a sus espaldas, y al girarse vieron a un orco subiendo a saltos las escaleras dando horribles chillidos. Otro venía justo detrás de él.

"¡Es tarde! ¡Ya es demasiado tarde!", gritó Skemtun, descargando su hacha sobre el cuello del primer asaltante.

Era el final... el Monte Velik había caído.

13. RUMBO A LA ISLA NEGRA

Muy lejos de allí, en las Montañas Elburguianas, Tallin, Mugla y Duskeye continuaban su camino hacia la costa. El sol brillaba y el aire era limpio y fresco. Volaban sobre las copas de los árboles, a poca altura, y Tallin los envolvía con un hechizo de camuflaje siempre que pasaban sobre alguna población.

Llevaban ya varios días viajando. Esa mañana atravesarían el paso que dividía la ciudad de Faerroe y el valle del río Jutland, aproximadamente la mitad de su recorrido. Tallin y Mugla mantenían sus mentes protegidas y cerradas ante cualquier comunicación telepática; no querían arriesgarse a más contactos desagradables con los elfos. Debido a esto, ignoraban el destino de Chua y la carnicería que se estaba produciendo en el Monte Velik.

Un gran pájaro que volaba en dirección opuesta casi se chocó con ellos, pero Duskeye lo esquivó ágilmente. El repentino movimiento tomó por sorpresa a Mugla. "¡Ten cuidado!"

Tallin rio y estabilizó a su tía agarrándola por los hombros. "Lo siento. Yo estoy acostumbrado a los giros bruscos, pero a veces olvido que no todo el mundo es un jinete de dragón".

Ella miró a su sobrino irritada. "¿No puede ser más cauteloso?"

"Espera", dijo Tallin tocando el costado del dragón. "Vamos a subir un poco, Duskeye". Su compañero asintió y se elevó suavemente hacia las nubes.

"¿Cuánto nos falta?", preguntó Mugla. "Hacía mucho que no viajaba tan hacia el oeste. El paisaje es muy distinto que hace doscientos años".

"Estamos a unas jornadas de la costa".

"¿Llegarán los elfos antes que nosotros?"

"No, están viajando a pie, así que llegarán al punto de encuentro algo más tarde. Duskeye vuela más rápido de lo que ellos corren, así que podemos tomarnos nuestro tiempo".

Mugla sonrió. "Ah, eso está bien, disfruto viendo el paisaje".

Durante la travesía pararon en varios puntos para descansar y pasar la noche. En una ocasión tuvieron que detenerse varias horas para que Tallin reparara un desgarrón en la silla de Duskeye.

Al día siguiente llovió intensamente, así que se quedaron a las afueras de Jutland, esperando a que pasara la tormenta. Tallin encontró una cueva seca en la que podían dormir, y aunque no descansaron mucho, era agradable poder tumbarse y relajarse. Mugla se envolvió con su chal y se echó a dormir. Tallin estaba hambriento, pero la idea de comer no le resultaba tentadora. Se sentía demasiado nervioso por el viaje.

La lluvia se aclaró pronto, pero dejó una espesa niebla tras de sí. No obstante, debían continuar su camino. Tallin se puso una gruesa capa de lana y le dio a su tía una manta para arroparse. La fría neblina hacía el vuelo incómodo, pero más seguro para ellos. Hablaban poco, excepto por los infrecuentes comentarios de Mugla sobre el paisaje o sobre algún pueblo que sobrevolaban. Todos estaban embebidos en sus propios pensamientos.

Según pasaban los días, Tallin parecía más preocupado, y su tía lo miraba con ansiedad, esperando el momento apropiado para contarle la verdad sobre Skera-Kina. Los últimos días la habían sumido en la confusión; ya no sabía qué pensar. Pero en lugar de compartir sus miedos guardó silencio, con el propósito de evitarle un disgusto a su sobrino.

A medida que se acercaban a su destino, los bosques se volvían más escasos, y los paisajes se iban cubriendo de vegetación silvestre. Al atardecer del doceavo día, la costa se hizo visible en el horizonte, cubierta por una capa de neblina. Una suave brisa fue despejándola, revelando una brillante línea de mar. Sobre la superficie podían divisarse numerosas gaviotas, lanzándose al agua en picado para atrapar su cena.

El trío se detuvo una última vez para descansar, acampando en lo alto de una colina. A poca distancia se veía una pequeña aldea, de menos de una docena de casas, y más allá del valle solo estaba el océano, ancho e inabarcable. La temperatura cayó bruscamente al atardecer, y tras pensarlo un poco Tallin decidió encender una pequeña hoguera, algo que había evitado durante todo el viaje, pues habría llamado la atención sobre su ubicación.

A medida que el sol se hundía en las aguas, el mar se convertía en una masa púrpura sobre las dunas. Incluso desde la distancia, podía apreciarse que el mar estaba agitado, con espumosas crestas barriendo toda su superficie. La brisa les traía el distante sonido de las olas chocando contra la costa.

Tallin giró la cabeza para contemplar el horizonte. "Hace años que no estaba tan cerca del Mar Negro. Había olvidado el sonido de sus aguas".

"Las olas están altas", dijo Mugla. "Eso significa que hoy el Señor del Océano está enfadado. Deberíamos arrojar algo de pan al agua para calmarlo".

Tallin rio. "Eso son solo cuentos de marineros".

"¡No lo son!", replicó Mugla con decisión. "Esas historias viejas tienen mucho de verdad. El mar tiene un humor muy voluble, y harías bien en mostrarle algo de respeto".

Sorprendido por la vehemencia de su tono, Tallin quiso saber más. "Bueno, tenemos tiempo. ¿Por qué no me cuentas una de esas viejas historias de marinos?"

Mugla se mostró complacida por la sugerencia. "¡Buena idea! ¿Qué quieres oír?"

"Cuéntame por qué el mar tiene un carácter tan difícil", dijo Tallin. Sacando un pedazo de carne de sus alforjas, se acomodó para escuchar mientras comía lentamente. Mugla comenzó su relato.

"Hace mucho tiempo, cuando la tierra de los elfos aún era parte de Durn, y antes de que los hombres caminaran sobre la tierra, hubo una época de fértiles cosechas, y Saekonungar, el dios del mar, vino al mundo. La madre de Saekonungar era Golka, la diosa oscura de la guerra, y su padre era Bannus, el risueño dios de los festivales. Por eso el mar es tan temperamental: el padre de Saekonungar solo quería pasárselo bien y festejar, mientras que su madre solo deseaba discutir y hacer la guerra. Con el tiempo, Saekonungar se hartó de las riñas de sus padres y se marchó a vivir al fondo del océano. Por eso es un dios generoso y vengativo al mismo tiempo. En un momento está empujando peces hacia tus redes de pesca, y al siguiente destroza tu barco. Los marineros lo saben, y por eso siempre escupen por la borda, para darle al dios del mar algo de sí mismos, con la esperanza de que a cambio él les dé unas aguas en calma".

"Mmm, bonita historia. No la recuerdo de cuando era niño".

"No podrías, la aprendí durante mis viajes. Los enanos somos criaturas de la tierra, no del mar. No es una fábula de los enanos. Nuestro pueblo mora en las montañas, así que no adoramos al dios del océano, pero deberías respetarlo cuando estás en su territorio. Solo porque Saekonungar no sea tu dios, no significa que no sea importante para alguien". Después de eso Mugla guardó silencio, cubriéndose con su manta, y al poco parecía haberse dormido.

Ya era de noche, y solo la tenue luz de su hoguera

iluminaba los alrededores. De pronto, Mugla volvió a hablar. "Voy a dedicarle una pequeña oración al dios del mar esta noche. Creo que tú deberías hacer lo mismo. Cruzar el Mar Negro es complicado, incluso con las aguas en calma, y no nos vendría mal la ayuda del dios". Tras esas palabras, se dio la vuelta y se quedó realmente dormida.

Tallin trató de seguir su ejemplo, pero no era capaz. Su mente no le permitía relajarse.

Ahora que habían llegado tan lejos, se sentía asaltado por las dudas. No podía creer que estuviera haciendo esto, arriesgando su vida y la de su tía en lo que ahora parecía un plan muy arriesgado. Tras horas de dar vueltas sobre el suelo, finalmente cayó dormido, pero fue un descanso perturbado por sueños sombríos.

Tallin despertó la mañana siguiente, con los elfos parados frente a él y Carnesîr sacudiéndole el hombro.

"Despierta, mestizo. Estamos aquí. Es hora de irse".

Tallin se incorporó y apartó su manta. Del fuego tan solo quedaban un montón de cenizas. "¿Cuándo habéis llegado?"

"Hace un momento, a la salida del sol", dijo Amandila. "Corrimos durante toda la noche. Al acercarnos vimos vuestra hoguera en la distancia".

"¿Queréis descansar un poco?", les preguntó Tallin frotándose los ojos.

Aunque todos parecían fatigados, Carnesîr replicó: "No, estamos cerca del final del viaje. Descansaremos más tarde, de camino a la isla".

En ese momento Mugla emergió de su lugar de descanso, apenas visible tras unas altas hierbas.

"¡¡Hooo-laaaa!!", dijo, gritando con todas sus fuerzas y echando a reír cuando los elfos saltaron sorprendidos. Debido a su pequeño tamaño y a lo tapada que estaba, parecía poco más que un rollo de mantas.

Carnesîr palideció al percatarse de quién era. "¡Mugla! ¿*Qué* estás haciendo aquí?"

Tallin arqueó las cejas. "¿Es que os conocéis?" Era algo que no se esperaba.

Mugla rio a carcajadas. "Oh, sí, desde hace mucho tiempo, ¿no es verdad, viejo intrigante? Luchamos juntos en la guerra, ¿recuerdas esos tiempos?" Su tono se volvió algo desafiante. "Pero no todo son *buenos* recuerdos, claro".

"No puede venir con nosotros", dijo Carnesîr firmemente.

Tallin se puso en pie. "¿Por qué no?"

"Sí, ¿por qué no?", dijo Mugla, esbozando su sonrisa desdentada. "Siento decepcionarte, pero no puedes impedírmelo. Pienso acompañaros te guste o no".

Carnesîr pestañeó, aún envarado por la sorpresa. "¡No, simplemente no puedes! ¡Lo *prohíbo*!" Sus palabras eran entrecortadas y trabajosas.

Tallin no podía creer lo que estaba oyendo. *Carnesîr está disgustado por esto... ¡realmente disgustado!*

"¡Oh, no seas crío, Carnesîr!", exclamó Mugla, clavando un huesudo dedo en el pecho del elfo. "¡No hay nada que puedas hacer al respecto!"

El rostro de Carnesîr se volvió casi morado de furia. "¡¿Cómo te atreves a hablarme con semejante insolencia?!"

Tallin notó que Fëanor estaba sonriendo. Amandila se cubría la boca con la mano para que Carnesîr no la viera reír.

Era obvio que Mugla disfrutaba con la pérdida de compostura del elfo. "Eres un bobo engreído. Esta misión es para salvar a los dragones, y de paso librarnos de unos cuantos asesinos sanguinarios si tenemos suerte. ¡El objetivo no es añadir otra pluma a tu sombrero ni complacer a tu arrogante reina, ¿lo entiendes?!"

Carnesîr señaló el rostro de Mugla con un dedo tembloroso. "Me niego a que esta enana deslenguada venga con nosotros. ¡¡Me niego!!"

"Tonterías", dijo Tallin. "Mugla ha estado en la isla, conoce el terreno y la ubicación del templo. Su conocimiento nos será útil".

"¡Fëanor también ha estado ahí, no la necesitamos! ¡No tiene por qué venir!", repuso Carnesîr apretando fuertemente los puños.

"Bueno, no es una decisión tuya, sino mía. Y yo digo que viene. Si no te gusta, puedes darte la vuelta y volver a Brighthollow por tu cuenta".

Un arcoíris de colores atravesó el rostro de Carnesîr a causa de la batalla que se libraba en su interior. Tras lo que pareció una eternidad, volvió a hablar. "Perfecto", escupió. "¡Me parece absolutamente perfecto! ¡Pero no me culpéis cuando arruine esta misión con su actitud negligente!"

Tallin tuvo que morderse la mejilla para no reír a carcajadas. La ira del elfo era tan excesiva que resultaba ridícula.

"Voy hacia las dunas, alquilaré una barca". Tras lanzar una mirada fulminante a Mugla, Carnesîr se abrió paso entre el grupo, dirigiéndose a la playa.

La enana no pudo resistir la tentación de fastidiarlo otra vez, lanzándole una última provocación a sus espaldas: "¡Eh! ¿A dónde vas con tanta prisa, maldito estirado? ¡Aún tenemos muchas anécdotas que recordar!" Tras aquello, Tallin no pudo contenerse, y empezó a reír a mandíbula batiente. Carnesîr los ignoró y siguió caminando, rígido por la ira.

Tallin empezó a recoger el campamento, y Mugla aprovechó para presentarse a los otros dos elfos. Amandila y Fëanor fueron distantes pero educados, y el hecho de que Carnesîr le hubiera mostrado tanta antipatía no pareció importarles. Tallin se recordó que debía preguntarle a su tía sobre sus rencillas con el elfo cuando pudieran hablar en privado.

Tras despedirse emotivamente de su jinete, Duskeye abandonó el lugar. Debía regresar a la cueva de Shesha para ayudarle a proteger el nido. A Tallin no le agradaba en absoluto la idea de hacer un viaje tan peligroso sin su dragón, pero basándose en las advertencias de Mugla, sabía que no podía correr el riesgo.

Mugla, Tallin, Fëanor y Amandila se dirigieron a la playa, llegando a la orilla una hora después. Carnesîr los esperaba cerca del muelle, donde se encontraba amarrado un pequeño barco de vela. Aún era muy temprano, y no había más personas a la vista. El océano sonaba como la respiración de un coloso; su incesante rugido podía oírse a varias leguas de distancia.

"¿Estás seguro de que cabremos todos en el barco?", preguntó Fëanor. "Parece bastante pequeño".

"Es lo bastante grande", respondió Carnesîr. "Lo he comprobado".

"No estés tan seguro de eso", dijo Mugla, dándole un pequeño codazo en las costillas. "¡No parece que haya espacio para tu ego!" Empezó a carcajearse, palmeándose la rodilla, y los otros dos elfos soltaron unas risitas.

"¿Qué... problema... tienes, enana?", replicó Carnesîr apretando los dientes.

Mugla sonrió irónicamente y se sacudió el pelo como si fuera una jovencita. "¡Ja! Ningún problema en absoluto".

Carnesîr bufó y se alejó de ella. Mirando a su tía, Tallin apreció una expresión maliciosa en su rostro. Era obvio que estaba disfrutando aquello.

El grupo se dirigió al muelle y se acomodó en el barco. Era una embarcación sencilla, con solo una pequeña cabina, un único mástil que subía en la proa y una gran vela triangular. En su interior había varios barriles de agua dulce, pero nada de comida. Carnesîr se adelantó a la pregunta, diciendo: "El dueño del barco nos ha dejado varias cañas de pescar y señuelos".

Tallin se encogió de hombros, suponiendo que podrían pescar por el camino. Tras acomodarse en la parte trasera y soltar la amarra, usó un remo para alejarlos del muelle. La nave se internó silenciosamente en el agua.

Ya no hay marcha atrás.

Mugla se sentó sola al lado del mástil, y los tres elfos se acurrucaron en la parte frontal. Tallin estaba de pie en la parte trasera, observando la costa alejarse gradualmente.

Los elfos hablaban en susurros, y solamente en su propia lengua. A veces gesticulaban con las manos, como si estuvieran hablando, pero sus bocas no se movían en absoluto. En realidad, ninguno de los viajeros hablaba mucho, ni siquiera Mugla, quien se mostraba extrañamente tranquila y perdida en sus pensamientos. "Seis días", murmuró, y luego no dijo nada más. Navegaron todo el día y toda la noche, durmiendo por turnos para hacer guardia.

A la mañana siguiente, Tallin sentía punzadas de hambre, así que cogió una caña de pescar y probó suerte. Nunca había pescado mucho, pero logró capturar varios peces durante la salida del sol. Los destripó en la cubierta, guardando las entrañas para usarlas más tarde como cebo. Luego los ensartó y los cocinó él mismo usando una llama mágica. Mugla utilizó el mismo método.

Tallin ofreció pescado a los elfos. Carnesîr y Amandila lo rechazaron, pero Fëanor aceptó un pez y se lo comió sin cocinarlo. Orientándose con las estrellas, navegaron durante cinco días, tras los cuales vieron aparecer la isla. Bálbor reposaba en el horizonte como una gigantesca bandeja negra.

"Ve hacia el Norte", dijo Mugla. "La costa Sur está

llena de fragatas". Cambiaron el rumbo, esperando hasta el anochecer antes de acercarse a la costa. Esa noche las aguas se agitaron y oscurecieron. El barco se mecía adelante y atrás entre las tumultuosas olas. Aferrando fuertemente los remos, Tallin hacía todo lo posible por mantener estable la nave.

El estado de la mar fue empeorando, y unos minutos después se encontraban en medio de una violenta tormenta. Sus estómagos empezaron a mandarles signos de aviso, y al poco Amandila se lanzó a un costado y vomitó por encima de la borda. El agua se agitaba embravecida, salpicando copiosamente la cubierta y causándoles escozor en sus rostros y brazos. Serpenteantes relámpagos brillaban en el cielo, y uno de ellos cayó peligrosamente cerca del barco.

"¡Son las defensas!", gritó Mugla. "¡Este barco no aguantará mucho más! ¡Tenemos que llegar a la costa!"

"¡Aún estamos demasiado lejos!", respondió Tallin.

"¡Yo puedo hacer algo!", exclamó Fëanor con gesto decidido. Poniéndose de pie en la cubierta, alzó una mano resplandeciente hacia el cielo.

"¡*Sefask!*", gritó, y una burbuja de cegadora luz blanca los envolvió. El barco se estabilizó, y poco después se quedó quieto. Las aguas directamente bajo la barca eran como cristal, pero alrededor de ellos, fuera de la burbuja, seguían agitándose ferozmente.

Fëanor jadeó. "¡Coged los remos, rápido! ¡Estas defensas son poderosas, y no sé cuánto podré aguantar!" Su rostro era una máscara de dolor, y las sienes le latían a ritmo acelerado.

Todos tomaron un remo y se pusieron a remar con toda su fuerza, tratando de sacar al barco de aquella brutal corriente. Fëanor gritó y cayó de rodillas, pero su conjuro no se debilitó.

"¡Remad más rápido!", gritó Tallin. El barco temblaba y se sacudía, pero pese a todo seguían avanzando. Tras unos larguísimos minutos, lograron alcanzar una oscura playa en el lado noroccidental de la isla, y Fëanor se desmayó, cayéndose al agua. Tallin saltó tras él, lo agarró y logró transportarlo a nado hasta la orilla. Recuperó el conocimiento unos segundos después, aturdido y vomitando agua salada.

"Lo logramos", dijo Tallin. "Gracias, Fëanor".

El elfo asintió y se puso en pie. "Las defensas son más fuertes que antiguamente. Deberemos tener más cuidado cuando dejemos este lugar".

La playa, totalmente cubierta por algas marrones, estaba desierta. Tampoco se veían gaviotas. Era una noche increíblemente oscura, con una espesa niebla flotando sobre la costa.

"Devolved el barco al mar", dijo Mugla. "Y aseguraos de que se hunde. No podemos permitirnos que lo descubran por la mañana".

"Pero si lo destruimos, ¿cómo regresaremos?", preguntó Amandila.

"Ya nos preocuparemos de eso. Es más importante que nuestra presencia no sea descubierta, confía en mí".

Carnesîr asintió, y Fëanor mandó la embarcación de vuelta al mar de una patada, mandándola a una notable distancia. A continuación susurró un corto hechizo que causó la aparición de una gran ola, la cual volcó el barco sobre un costado. Una segunda ola le dio la vuelta por completo. Carnesîr lanzó una bola de fuego al casco, haciéndole un agujero y provocando que la nave se hundiera lentamente.

"En marcha", dijo el líder elfo, y el grupo inició su peligrosa incursión, dirigiéndose a un extenso pero poco tupido bosque situado tras los riscos.

14. EL TEMPLO

Los viajeros caminaban rápidamente, solo hablando en voz alta cuando era estrictamente necesario. La marcha era encabezada por los elfos, y Tallin cuidaba de la retaguardia. Mugla mantenía el ritmo de los demás lo mejor que podía. "Debemos viajar solo de noche", les dijo, "e iluminarnos con la luna. No deben descubrirnos".

Tras varias horas caminando por el bosque se detuvieron a acampar, poco antes del amanecer. Tallin preparó una comida con el pescado que les quedaba, acompañado de unas bayas que había encontrado por el camino. Tras la salida del sol hicieron guardia por parejas, renunciando a encender una hoguera pese a las frías temperaturas. Un hechizo de camuflaje les brindaba protección adicional.

Al anochecer se pusieron de nuevo en marcha. Tallin estaba atento a cualquier cosa comestible que encontraran, y recogió algunas setas y plantas silvestres. Lo compartía todo con Mugla, pero en general comían muy poco. La tensión les cerraba el estómago, independientemente de la comida que tenían a su alcance. Los elfos no parecían comer en absoluto, pero sí se detenían con frecuencia para beber.

Alcanzaron el final del bosque unos días después. Más allá no parecía haber más que tierra pelada y matorrales. No se veían pueblos por ninguna parte, ni siquiera casas sueltas. El grupo prosiguió su camino, ya sin la protección de la vegetación y confiando en la oscuridad de la noche.

"Qué lugar más desolado es este", dijo Amandila un rato después. "No hay flores, apenas algún árbol, y tampoco animales. La única vida visible son cuervos y urracas".

"Esta zona es tierra yerma", dijo Mugla, "y más adelante es aún peor".

Al cabo de unas horas divisaron un pueblo aislado. Las pequeñas chozas y los campos arruinados denotaban pobreza, al igual que los aldeanos delgados que se arremolinaban en calles fangosas. Lo pasaron de largo rápidamente, manteniéndose a una buena distancia de las casas. En las jornadas siguientes hicieron lo mismo con todas las poblaciones que encontraron, procurando no ser vistos.

Unos días después, poco antes del amanecer, llegaron finalmente a un valle rocoso, en el fondo del cual se veía una enorme ciudad. Las montañas circundantes habían sido erosionadas por la minería, actividad que había polucionado y llenado de escombros el río que serpenteaba por el centro del valle. Los campos de los alrededores no estaban cultivados.

Y allí, en el centro de aquella ciudad, se encontraba su objetivo: el templo principal se alzaba imponentemente sobre una colina, claramente visible desde la distancia. La catedral en sí era una colosal estructura coronada por una enorme cúpula. La población estaba totalmente circundada por unos sólidos muros de piedra.

"Hemos llegado, esa es la capital", dijo Mugla señalando a la distancia.

"Qué ciudad tan putrefacta", dijo Fëanor. "Es aún más fea que la última vez que estuve aquí. Pensé que era imposible empeorarla, pero me equivoqué".

"¿Cómo se llama este sitio?", preguntó Amandila.

Mugla se encogió de hombros. "¿Quién sabe? El alto sacerdote tiene la potestad de nombrar la ciudad, y suele rebautizarla siempre que le place".

"Eso es lo más estúpido que he oído nunca", dijo la elfa.

"Estoy segura de que a ellos les parece lógico", dijo Mugla. "Ya no tiene sentido viajar por la noche, de ahora en adelante debemos camuflarnos. Todos tenemos que parecer esclavos y comportarnos como esclavos, nadie se fija en ellos en esta ciudad".

La figura de los elfos se difuminó, y su apariencia cambió mágicamente. Parecían más bajos y desaliñados, y en sus rostros, que ahora tenían un aspecto más humano, aparecieron diversas cicatrices. Sus ropajes estaban raídos y descoloridos. Para completar su aspecto de trabajadores comunes se frotaron la cara con barro, el cual dejaron penetrar bajo las uñas.

"¿Deberíamos hablar de un modo particular?", preguntó Tallin.

"Usad la lengua común, no os preocupéis por ocultar el acento. La mayoría de esclavos vienen del

Norte, pero los balboritas secuestran gente de todas partes, así que no llamaréis la atención simplemente por vuestra habla. Lo que cuenta es *lo que decís*. ¡Y pase lo que pase, no habléis con ningún magonato! Tienen potentes defensas mágicas, y descubrirán vuestro camuflaje. Tampoco habléis con los ciudadanos libres, a menos que ellos se dirijan a vosotros primero, especialmente si es una mujer. A un balborita libre le está permitido matar a un esclavo por cualquier motivo, tan solo tiene que compensar a su dueño".

"Qué banda de salvajes", dijo Amandila.

"No sabes cuánta razón tienes", asintió Mugla. "Tan solo procurad ser prudentes, no levantar la voz y llevar la mirada baja".

"¿Cómo vamos a destruir el templo?", preguntó Carnesîr. "¿Alguno se ha parado a pensar en ese detalle?"

Tallin ignoró su sarcasmo. "Mugla me ha descrito el templo en detalle, creo que nuestra mejor opción es provocar el derrumbe de la cámara principal. La cúpula es vulnerable, si encontramos la forma de destruirla la estructura quedará inservible".

"¿Y cómo haremos eso?", preguntó el elfo. "El templo está hecho de piedra, así que no es posible quemarlo".

"No vamos a quemarlo", dijo Tallin, "pero sí utilizaremos el fuego. Una gran cúpula, por más que esté hecha de piedra, corre peligro de derrumbe cuando hay un incendio, por ser la vía de escape natural para el fuego y el humo. Si logramos provocar el suficiente calor, la estructura metálica de la cúpula se colapsará".

"¿No hay peligro de que caiga sobre nosotros?", preguntó Amandila. "Preferiría acabar esta misión sin ser aplastada".

"Yo seré el principal encargado de iniciar el incendio y mantenerlo", dijo Tallin. "Sólo necesito que el resto me cubráis. Mugla dice que los servicios religiosos siempre se celebran de noche, así que si vamos a hacer esto ha de ser durante el día, cuando el templo principal está casi vacío".

"Se trata de una operación delicada, pero... tu plan es bueno, enano" dijo Fëanor, mostrando un apoyo poco habitual.

El grupo emprendió el camino, dirigiéndose lenta y cautelosamente a la ciudad del fondo del valle. Al llegar a sus inmediaciones decidieron no caminar juntos, sino dividirse en dos grupos y mezclarse con el resto de viajeros que llegaba a la ciudad.

Había una pequeña cola de personas esperando en la puerta, incluyendo dos ciudadanos libres, un hombre y una mujer que se abrían camino a empujones. Todos los demás se echaban a un lado para dejarles paso.

La puerta principal estaba vigilada por dos guardas armados que apenas miraron a Tallin. Se encontraban demasiado ocupados fijándose en una noble que tenían frente a ellos, montada en un magnífico caballo. Se distinguía por una camisa de vivo color amarillo, y estaba rodeada por al menos una docena de sirvientes. "¡Buenos días, Lady Eggert! ¿Qué la trae a nuestra noble ciudad a tan temprana hora?"

La aristócrata esbozó una fina sonrisa. "Voy al mercado de esclavos, necesito una nueva costurera. La última fue sorprendida robando, y por desgracia tuve que librarme de ella. Es una auténtica pena, era una trabajadora excelente".

La mujer giró la cabeza y vio a Tallin tras su montura. "No toques a mi caballo, esclavo, o haré que te muelan a palos", le advirtió ásperamente.

"Disculpe, milady", dijo Tallin, alejándose con los dientes apretados y resistiendo la tentación de borrarle la arrogancia del rostro de una bofetada. La mujer resopló despectivamente.

Las puertas de la ciudad se abrieron, y poco después todo el grupo estaba dentro, iniciando por separado el trayecto hacia el templo. Otros viajeros caminaban trabajosamente a su lado, con los ojos nublados a causa del miedo y el hambre.

Pasaron por un ajetreado mercado callejero donde se vendían todo tipo de frutas y verduras. Los mercaderes vestían llamativas camisas amarillas y permanecían en el interior de los puestos, mientras que sus sirvientes, vestidos con descoloridos ropajes, realizaban las ventas en el exterior. Había muchos compradores y vendedores, pero no el regateo habitual de cualquier otro mercado. Los clientes simplemente escogían sus productos y los pagaban mediante unas monedas de madera.

Al cabo de un rato pudieron divisar el templo principal, y se dirigieron hacia su colosal estructura. Nada había preparado a Tallin para la verdadera magnitud de aquella catedral. Sus altísimos muros, construidos en opulento mármol negro, semejaban los precipicios de un desfiladero.

El jinete se sintió sobrecogido. *¿En qué estaba pensando? ¿Cómo vamos a destruir esta monstruosidad?*

Se volvió hacia su tía, hablándole en un susurro. "Por Golka, el templo es gigantesco. La catedral de Parthos es pequeña en comparación".

Mugla asintió. "Es aún más grande de lo que parece, esta es solo la parte visible. Hay toda una red de calabozos en el subsuelo, con espacio para cientos de prisioneros. Los sacerdotes envían ahí a los esclavos rebeldes para torturarlos. Es mejor no conocer ese lugar, créeme. Son los peores calabozos que he visto nunca, y he visto unos cuantos".

El grupo volvió a reunirse en un lugar discreto. Amandila había encontrado trapos, escobas y un candil en un cuarto inferior del templo. Los usarían para que pareciera que iban a limpiar la catedral.

Entraron en el edificio sin ser molestados, y comenzaron sus labores de limpieza. Había ya docenas de sirvientes en el interior, atendiendo aquel laberinto de salas de oración, sinuosos pasillos y escaleras.

Tallin dio con un corredor que conducía a la inmensa cámara principal. Al entrar en la misma, comprobó su gran parecido con el resto de estancias, exceptuando que era mucho mayor y que tenía un enorme techo abovedado y contrafuertes ribeteados en oro.

Se trataba de un lugar oscuro e imponente. El cristal tintado era demasiado grueso para dejar pasar mucha luz, así que el interior estaba iluminado por cientos de velas rojas. Todo estaba decorado morbosamente; de las paredes colgaban elaborados tapices que mostraban horribles escenas de ejecuciones y derramamiento de sangre. No había ni una sola imagen tranquila o feliz, todo era fuego, azufre y muerte.

Tallin pudo ver a cuatro guardas de aspecto fatigado en un rincón, jugando a las cartas. Varios sacerdotes de rango menor caminaban por la sala, depositando ofrendas y encendiendo incienso. El jinete hizo una discreta señal a sus compañeros, y el grupo se reunió en una pequeña capilla donde no podían ser observados. Una breve conversación en voz baja bastó para ponerse de acuerdo: había llegado el momento de atacar.

Volviendo a la cámara principal, Mugla y los elfos se situaron estratégicamente, uno en cada esquina de la estancia. Tallin caminó discretamente hasta los guardias, y en un pestañeo sacó su espada y se la clavó profundamente en el pecho a uno de ellos. El otro saltó de la mesa horrorizado, esparciendo las cartas por todo el suelo, pero con la suficiente presencia de ánimo como para desenvainar su daga.

El soldado cargó hacia Tallin, pero este bloqueó su estocada y le lanzó un fuerte puñetazo a la barbilla, enviándolo al suelo. Luego le saltó encima, golpeándolo repetidamente hasta dejarlo inconsciente.

Los sacerdotes gritaban asustados y trataron de huir, pero los elfos cayeron sobre ellos, abatiéndolos con gran facilidad.

"¡Alto, esclavos!", gritó otro guardia, pero Mugla

lo silenció lanzándole un certero rayo eléctrico al pecho. El hombre cayó desplomado.

El último soldado que quedaba salió corriendo, gritando para conseguir ayuda. Fëanor formó una gran bola de energía en el aire y se la disparó a gran velocidad, haciéndole estrellarse contra el altar.

"¡Inicia el fuego!", gritó Mugla. "¡No tenemos mucho tiempo antes que den la alarma!"

Tallin asintió, y empezó a correr por la sala arrancando varios tapices y amontonándolos en el espacio situado bajo la cúpula. A continuación gritó "*¡Incêndio!*", prendiendo fuego a la pila.

Amandila y Carnesîr siguieron su ejemplo, agarrando cualquier cosa que pudiera arder y lanzándola al corazón de las llamas. Tallin permanecía junto al fuego, aplicándole todo su poder y haciendo aumentar la temperatura tanto como podía. Su cuerpo temblaba y sudaba copiosamente, por lo que se desprendió de su capa. A los pocos minutos el calor en la cámara era tan intenso que se abrió una grieta en el suelo.

"*¡Incêndio!*", volvió a gritar Tallin, y las llamas se elevaron aún más. Unos guardias llegaron corriendo hasta la entrada, pero fueron rápidamente despachados por Mugla y los elfos. Una montaña de leña ardía en el centro de la cámara, y el resto de magos ayudaron a Tallin lanzando sus propios hechizos. Al final hacía tanto calor en la estancia que nadie podía entrar ni permanecer en ella, a menos que tuviera poderes mágicos. La cúpula estaba ya llena de humo.

Pero en ese momento... llegaron.

Los Maestros de la Sangre.

Eran tres asesinos magonatos, vestidos con simples taparrabos y cubiertos con tatuajes de protección que centelleaban a la luz del fuego. Uno salió de detrás de una columna empuñando un brillante puñal azul y apuntándolo en dirección a Mugla, que estaba dándole la espalda.

Aceite de kudu, pensó Tallin. Los puñales azules siempre estaban rellenos de veneno. Si alcanzaba a Mugla con él, estaría muerta en cuestión de segundos. "¡¡No!!", gritó, un segundo tarde.

La hoja atravesó el aire describiendo un arco mortal, pero un instante antes de tocar el cuello de Mugla fue desviada por un escudo mágico de Carnesîr. El elfo le había salvado la vida.

Fëanor y Amandila se encararon con los otros dos asesinos en un combate cuerpo a cuerpo. Para entonces ya se habían librado de sus disfraces y combatían ferozmente, haciendo el máximo uso de su fuerza física y mágica.

Un asesino se acercó a Tallin, lanzando un mandoble de espada hacia su cabeza. El jinete lo esquivó fácilmente, pero su concentración disminuyó, y el fuego perdió intensidad. Moviéndose ágilmente, consiguió propinarle una patada en el estómago al balborita, pero este rodó hacia atrás expertamente y se incorporó en un instante. Con una sonrisa malévola, el asesino volvió a atacar, pero Tallin se hizo a un lado con grandes reflejos. Procurando mantener la distancia, sacó su arma y trató de alcanzar el cuello del asesino, pero falló. No obstante, logró tocar su espada, obligándole a soltarla por la fuerza del golpe.

El balborita aulló furioso, y desenfundando un puñal envenenado volvió a cargar. En esta ocasión sí acertó a Tallin, haciéndole un corte limpio en la manga, pero sin llegar a romper la piel. Enlazando movimientos con asombrosa agilidad, logró patear la mano al jinete, que maldijo al ver su espada caer estruendosamente al suelo.

Su enemigo soltó una risita. "Has perdido tu espada, *continental*, pero yo aún tengo mi cuchillo. Esta hoja es como una extensión de mi mano. Tan solo tengo que decidir la mejor manera de matarte". Volvió a reír, esta vez a carcajadas. Su puñal, completamente lleno de kudu, brillaba con un intenso tono azul a la luz de las llamas.

¡No puedo dejar que me toque con esa hoja!, pensó el jinete. Realizando un felino movimiento, logró avanzar hacia el balborita y golpearle contundentemente la cara con la vaina de su espada. El asesino quedó aturdido, tapándose con la mano el lugar del impacto. Eso le dio a Tallin el tiempo que necesitaba para desatarse el cinturón y, usándolo como un látigo, atrapar con él la mano libre de su enemigo, la cual llevó hacia la que sostenía el cuchillo dando un fuerte tirón.

La muñeca del balborita rozó la hoja envenenada, que le abrió un tajo en la vena. Empezó a manar sangre de la herida, y al verla el hombre se quedó totalmente blanco, dando un horrible alarido. Agarrándose su muñeca ensangrentada, dejó caer el cuchillo al suelo y gritó de nuevo, clavando sus negros ojos en el rostro de Tallin. En cuestión de segundos cayó desplomado al suelo. Su cuerpo temblaba con incontrolables espasmos, y una espesa espuma le salía por la boca. Instantes después, las convulsiones terminaron, y el hombre quedó totalmente inerte.

Los elfos continuaban luchando con los otros dos asesinos, logrando mantenerlos a raya. Tallin volvió a concentrarse en el fuego, que se había extendido por toda la cámara, llegando casi hasta el techo. La temperatura había subido tanto que los contrafuertes metálicos estaban empezando a fundirse. Al poco se escuchó un horrible chirriar, y comenzaron a aparecer grandes grietas en las paredes. Algunas partes del tejado se desplomaron en el suelo.

"¡Está funcionando!", gritó Fëanor, aún luchando con uno de los balboritas. Los elfos no tardaron en derrotar a los asesinos restantes, pero fue una victoria efímera: pronto nuevas figuras emergieron de las sombras, y el grupo se vio de nuevo atacado. Esta vez había dos asesinos por cada uno de ellos, lo que obligó a Tallin a unirse a los demás.

"¡Son muchos!", jadeó Mugla. "¡Oh, por los dioses... *mirad!*"

Tallin siguió con la vista la dirección de su dedo. Sintió que el pavor lo invadía, sin poder evitarlo. Ella estaba allí... oculta en las sombras. Skera-Kina apareció ante ellos, caminando hacia el fuego con dos relucientes puñales en las manos. La asesina más letal de Bálbor se dirigió a ellos con voz cavernosa.

"Soltad las armas. Somos muchos más, y otros vienen de camino". Los asesinos los habían rodeado silenciosamente, bloqueando la salida.

Tallin entendió que estaban atrapados, y que no tenía sentido perder la vida inútilmente. Dejó caer su espada al suelo. Inmediatamente, uno de los asesinos la recogió, pero dio un grito de dolor cuando esta le quemó la mano. Skera-Kina lo miró con extrañeza y luego se volvió hacia Tallin. "Esa es la misma espada que me robasteis en el exterior de las Montañas de Highport". Tocó el mango con la punta del pie. "¿Así que le habéis hecho un encantamiento? Muy astuto. Os obligaré a quitárselo".

Tallin alzó el mentón. "No he encantado la espada, está como antes. Y no te la robé, le pertenece por derecho a mi familia. Mi propia tía la forjó".

Skera-Kina frunció los ojos. "Estás mintiendo, enano".

Mugla dio un profundo suspiro. "No está mintiendo", dijo, dando un paso adelante. Miró a ambos y se agachó, recogiendo la espada y apretándola contra su pecho. Los demás asesinos fueron hacia ella, pero Skera-Kina les ordenó retroceder con un gesto de la mano. Mugla agarró la espada por la hoja y se la tendió a la balborita. "Adelante, cógela... no te quemará".

Tras vacilar un instante, Skera-Kina aceptó el arma. "¿Qué brujería es esta?"

Mugla se aclaró la garganta. "Esperaba poder contaros esto en una mejor ocasión, pero supongo que tendrá que ser ahora". Se volvió hacia su sobrino. "Tallin, el encantamiento de la espada solo permite tocarla a gente de mi linaje. Es por eso que ambos podéis tocarla".

Tallin abrió los ojos de par en par. "¡¿Qué?!"

Mugla suspiró con tanta fuerza que Tallin sintió el movimiento de su respiración. "Es cierto. Mírala. Fíjate en sus ojos. Es tu hermana. Tu medio hermana".

El corazón de Tallin empezó a latir a toda velocidad. Skera-Kina no dijo nada, pero arrojó la espada al suelo despectivamente.

Con aspecto abatido, Mugla acarició la mejilla de su sobrino. "Tenéis la misma madre. Mi hermana, Tildara. Lamento haberte ocultado este secreto. Lo lamento mucho". Unas lágrimas empezaron a correr por su rostro.

El rostro de Tallin se volvió ceniciento. Era una idea demasiado horrible de pensar. Demasiado horrible de asimilar.

Skera-Kina los observaba con expresión indescifrable. Finalmente, habló. "¿Quién es mi padre, entonces?", preguntó con una voz fría y acerada.

"No lo sé", dijo Mugla. "Era un elfo. Tildara fue violada por un elfo durante la guerra... se quedó embarazada. No sé nada aparte de eso".

Carnesîr intervino repentinamente. "¡Eso no es justo! No fue realmente una violación, desde luego pareció disfru... eh..." Se quedó mudo, dándose cuenta de lo que había confesado y fijando la mirada en el suelo.

Mugla se giró bruscamente hacia él. "¡¿Qué es lo que has dicho?!"

"¡Nada!", dijo Carnesîr. "¡No dije nada!"

Los otros elfos no hablaron. De repente parecían incómodos, como si hubieran entrado en una escena personal embarazosa.

La mente de Mugla hizo una rápida conexión. Señaló a Carnesîr con mano temblorosa. "¡¡Tú!! ¡Fuiste tú! Estabas en el Monte Velik durante la guerra. ¡Formabas parte del contingente que vino a ayudarnos! ¡Tú fuiste quien atacó a mi hermana! ¡¡Se quedó embarazada por tu culpa, desgraciado, ladino, *serpiente*!!"

Skera-Kina siguió observándolos y luego avanzó hacia Carnesîr, deteniéndose a su lado. Le miró fijamente a los ojos. "¿Es esto cierto? ¿Eres mi padre?"

El elfo asintió lentamente. "Supongo que sí".

Skera-Kina lo encaró unos instantes más, estudiando atentamente su mirada. Luego asintió y alzó los brazos, para a continuación clavar sus dos puñales en el pecho de Carnesîr. Él se tambaleó hacia atrás, dando un terrible grito de agonía y sorpresa.

Los otros dos elfos corrieron a ayudarlo, pero fueron bloqueados de inmediato por una docena de asesinos. Skera-Kina giró los puñales, clavándolos aún más profundamente e ignorando los chorros de sangre que le salpicaban la cara. Carnesîr cayó de rodillas tratando de aferrarse a algo, y ella bajó hasta el suelo con él. El elfo se dirigió a su hija con lágrimas en los ojos. "¿Por qué? ¿Por qué me haces esto?"

Skera-Kina le respondió con desdén. "¿Por qué? ¡Porque eres mi padre! ¡Y porque me condenaste a una vida de esclavitud sin fin! ¡Tendré que servir al templo durante cientos de años! ¡Y *tú* eres el responsable, porque pudiste salvarme… *y no lo hiciste!*" Alzando la cabeza, aulló llena de humillación y rabia.

Finalmente, arrancó los puñales del cuerpo de

Carnesîr, dejándole dos profundos huecos en el pecho. Poniéndose en pie, miró hacia abajo con rencor. "Me has *deshonrado*, entregándome el regalo de una vida malgastada. Disfruta el final de la tuya".

Carnesîr se desplomó en el suelo, escupiendo sangre. Unos instantes después su cuerpo quedó completamente inmóvil.

Tallin se sentía enfermo, y apenas lograba respirar. Amandila y Fëanor lloraban. Mugla temblaba, incapaz de articular palabra.

Skera-Kina escupió con desprecio junto al cuerpo de su padre. Tenía el rostro y los brazos cubiertos de sangre. "Llevadlos a los calabozos, buscad una celda donde quepan todos. Encadenad a los elfos a la pared y atravesadles las orejas con alambre de hierro; eso les impedirá realizar sus pequeños trucos de ilusionismo. Nadie sino el alto sacerdote tendrá autorización para hablar con ellos".

Se volvió hacia Tallin, examinándolo cuidadosamente. "Bueno, queridísimo hermano… ¿tienes alguna cosa que decir? ¿Cualquiera en absoluto?"

Tallin le sostuvo la mirada. "Me has derrotado. Eso es lo que querías todo este tiempo, ¿no? La victoria".

Ella no pestañeó ni apartó la mirada. Tras unos instantes de silencio, dijo: "Esto no es una victoria para mí".

Atónito por aquellas palabras, Tallin retrocedió. Trató de interpretar el gesto de Skera-Kina, pero solo vio un rostro vacío de emoción. Nada quedaba de la antigua chispa de sus ojos. Era como un ser sin vida.

Ella volvió a hablar. "Soy una esclava, para toda la

vida. Una criatura desdichada, atada al templo hasta el final de mis días. No importa cuánto daño te inflija, tú siempre saldrás victorioso, porque naciste libre. Incluso si murieras, la victoria sería tuya".

Su tono era tan carente de emoción que Tallin sintió un escalofrío subiéndole por la columna. Se sintió avergonzado. Después de todo lo que ha pasado, ¿cómo podía sentir pena por ella? Se sentía abrumado, hecho añicos. Finalmente, acertó a hablar de nuevo, en un susurro. "No tienes por qué aceptar el mundo como es, yo podría ayudarte".

"Ahórrame tu lástima", replicó ella con la misma gelidez de antes. "La necesitarás para ti".

Continúa en el Libro Seis: La Redención de Kathir

Lee Un Adelanto Del Libro Seis: La Redención De Kathir

En lo más profundo de los calabozos de Bálbor, Tallin se despertó rodeado de oscuridad. Muchos días atrás, su grupo había viajado hasta la isla para destruir el templo principal de los balboritas, pero fueron capturados antes de lograrlo. Tallin, su tía Mugla y dos jinetes de dragón elfos, Amandila y Fëanor, estaban ahora presos en aquellas mazmorras subterráneas.

Los balboritas los abandonaron en una oscura celda sin comida, y desde entonces los ignoraron. Unos guardas armados patrullaban frente a su celda día y noche, el sonido de sus botas se oía al otro lado de la puerta. Nadie hablaba con los prisioneros, como si no se reconociera su presencia en el lugar.

Tallin dirigió su mirada a Mugla, quien se encontraba apoyada en la pared, demacrada a causa del hambre. Incluso él, que estaba acostumbrado a pasar varios días seguidos sin comida, podía sentir la falta de sustento carcomiéndolo. Afortunadamente disponían de agua, la justa para beber, que les pasaban ocasionalmente en un odre a través de la portezuela.

No había ventanas en la celda, y el aire tan solo entraba a través de la minúscula rendija bajo la puerta, volviendo el ambiente caluroso y enrarecido. Tallin y Mugla estaban amarrados con cuerdas encantadas, mientras que los elfos estaban encadenados contra la pared. El jinete de dragón sintió una palpitación recorriéndole las piernas; llevaba horas quieto en la misma postura. Trató de agitarlas para mejorar la circulación de la sangre, pero no sirvió de mucho.

Los balboritas se habían llevado todas sus armas, pero Tallin había conseguido ocultar un pequeño cristal de luz en su bota. Siempre que lo usaba, mantenía deliberadamente la luz mágica a un nivel muy tenue. Cualquier titileo era arriesgado, pero usar el cristal valía la pena para prevenir la desesperación; estar en una completa oscuridad solo habría empeorado aún más su situación. Aquel pequeño destello de luz habría sido apenas perceptible para ojos humanos, pero puesto que Tallin era enano mestizo, le proporcionaba la suficiente claridad para ver todo lo que le rodeaba.

Los elfos estaban en mucho peor estado que los dos enanos. Los oídos de Amandila y Fëanor habían sido perforados con alambre de hierro, que servía para anular su poderosa magia, incluyendo la capacidad de cambiar de forma. Tallin nunca creyó que llegaría a sentir simpatía por ellos, pero era imposible no sentir lástima por las dos desdichadas criaturas que colgaban lánguidamente a su lado.

Ambos elfos estaban semiinconscientes. Debido al alambre, el sutil encanto que cuidaba de su aspecto había desaparecido. Tenían los ojos acuosos y enrojecidos, y el rostro hinchado y magullado. Ambos dieron agónicos gritos cuando les perforaron las orejas, pero ahora tan solo gemían débilmente, agitando sus cuerpos mientras el hierro se introducía lentamente en su torrente sanguíneo. El metal los estaba envenenando, debilitándolos gradualmente. Aunque había muy poca distancia entre ellos, ninguno parecía percatarse siquiera de la presencia del otro. O quizá su dolor era tan grande que simplemente no les importaba. Tallin los tenía a su alcance y trató de retirar el hierro, pero tan pronto como lo tocó, el alambre se apretó aún más, haciendo que Amandila gritara de dolor. Tras aquello, no volvió a intentarlo.

Mugla levantó la cabeza débilmente. "¿Sabes qué día es, querido?"

Tallin negó con la cabeza, y respondió en voz baja. "No estoy seguro. Creo que han pasado cinco días, pero he perdido la noción del tiempo. Ya no sé si es de día o de noche".

Mugla se incorporó y se apoyó contra la pared. Tenía un aspecto muy desmejorado, con grietas sangrantes en los extremos de la boca. Sin embargo, cuando hablaba, su voz sonaba alta y clara. "Nos están debilitando, matándonos de hambre".

Tallin miró hacia los elfos. "¿Qué hay de ellos?" Sus rostros eran casi irreconocibles, grotescamente hinchados y tumefactos. "¿Sobrevivirán?"

"Las posibilidades están en su contra, pero por lo menos siguen vivos. Tener un elfo cautivo es un asunto arriesgado, se muestran muy rabiosos y vengativos si logran escapar. Me sorprende que los balboritas no los hayan matado aún".

"No entiendo por qué no nos han matado *a todos*", replicó Tallin.

"Estoy segura de que tienen sus motivos. El Alto Sacerdote seguramente quiera usarnos como escarmiento, ordenará colgarnos tarde o temprano. Y a los elfos les irá peor, porque serán torturados. A los balboritas les encanta martirizarlos por diversión".

Tallin arqueó las cejas. "¿Cómo?"

Mugla esbozó una amarga sonrisa. "Capturar a un elfo es algo muy inusual, y los sacerdotes disfrutan observando cómo los torturan. Al ser criaturas inmortales, el espectáculo dura mucho tiempo. Acabarán muriendo... pero muy, muy lentamente. A veces encadenan a los prisioneros a un poste y les sueltan una jauría de perros para que los despedacen. A los esclavos rebeldes los matan así".

"Eso es propio de bárbaros", dijo Tallin consternado.

En ese instante una puerta metálica resonó en la distancia, seguida por el sonido de unos pesados pasos aproximándose. Tallin apagó el cristal de luz y volvió a esconderlo cuidadosamente en su bota.

Vieron un recuadro luminoso aparecer al abrirse la puerta, y parpadearon por la claridad que penetró en la celda.

Ante ellos apareció Skera-Kina, acompañada por un guardia armado y por un joven ataviado con una sencilla túnica de algodón. El joven no tenía ningún tatuaje facial, pero llevaba brazaletes de cuero con runas protectoras. Tallin dedujo que era su aprendiz.

El guardia se tapó la nariz, pero el agrio olor del interior no parecía molestar a la balborita, que señaló al jinete. "Tú... mestizo. Ponte en pie. El Alto Sacerdote reclama tu presencia".

Tallin se puso en pie penosamente y salió al exterior, con las manos aún atadas. El guardia arrugó la nariz cuando pasó a su lado. La puerta se cerró tras él, y los dos asesinos condujeron a Tallin a una celda más pequeña al final del corredor. La estancia tenía un cubo de agua en el centro, y en una esquina había una túnica y unos calzones pulcramente doblados. Skera-Kina dijo un rápido hechizo, y las ligaduras mágicas que ataban las manos del jinete cayeron al suelo.

"Desvístete y lávate, enano", dijo ella. "Debes estar limpio si vas a estar en presencia del Alto Sacerdote".

"No olería mal si nos hubierais permitido usar un aseo como es debido o nos hubierais dado más agua, idiotas".

"¡¡Cállate, escoria!!", gritó el joven asesino.

"Silencio, Gron", advirtió Skera-Kina. "Gritar a los prisioneros no me impresiona".

El joven frunció el ceño, pero no dijo nada más.

Tallin se desnudó hasta la cintura y metió la mano en el cubo. El agua estaba helada. Había una concha de jabón en el fondo, y se enjabonó la cara y los brazos con ella. Luego se tomó un momento para lavarse el pelo antes de vaciar el cubo sobre su cabeza para enjuagarlo. No le dieron ningún paño, así que aún tenía el cabello húmedo cuando se puso la ropa limpia.

Sonrió en contra de su voluntad. Tras varios días en aquella mugrienta celda, era agradable sentirse limpio. Volvió a calzarse las botas cuidadosamente, asegurándose de que el cristal de luz no se cayera.

"Date la vuelta y ponte las manos a la espalda", le

ordenó Skera-Kina.

Tallin se detuvo un momento, reprimiendo su deseo de luchar. No podía arriesgarse a combatir con ambos cuerpo a cuerpo, especialmente estando Mugla y los elfos aún bajo su custodia. Su única opción era obedecer. Tras darse la vuelta sintió unas nuevas cuerdas amarrándole las muñecas. A continuación le colocaron un saco en la cabeza, ajustándolo fuertemente alrededor de su cuello y haciendo que su cuerpo se tensara.

"¿Por qué tanto secretismo? Estoy maniatado, no os puedo hacer nada".

"Sin preguntas. Ahora en marcha", dijo Skera-Kina, agarrándolo por el hombro. Tallin dio un respingo cuando sus uñas forradas en plata se le hundieron en la piel.

La balborita y su ayudante lo condujeron por los corredores. El jinete trató de memorizar lo mejor que podía el espacio que lo rodeaba; contaba los pasos que daban y escuchaba todos los sonidos. Se detuvieron unas cuantas veces, oyendo siempre puertas cerrarse a sus espaldas. No podía ver a través del saco, pero sí pudo sentir el aire cambiando de viciado a fresco, y distinguir cuando pasaron de suelos de piedra a otros cubiertos por alfombras.

Skera-Kina no dijo nada por el camino, pero Tallin escuchaba su áspera respiración detrás de él.
Los criados charlaban ociosamente, ignorándolos al pasar. También oía un sonido chapoteante, como de alguien usando un cubo y una fregona.

Caminaron durante largo rato, y cuando finalmente se detuvieron, el aire olía ligeramente a incienso. Skera-Kina descubrió la cabeza de Tallin. Estaban frente a una enorme puerta de madera. "Hemos llegado a los aposentos del Alto Sacerdote", dijo la balborita, quien acto seguido describió un lento arco con la mano. Hubo un chispazo, y la puerta se abrió por sí misma. Luego Skera-Kina liberó de sus ataduras a Tallin, que se frotó las muñecas y escrutó el rostro de su captora. "¿Por qué me quitas las cuerdas ahora?"

"Los objetos encantados son peligrosos en esta zona, eso incluye tus cuerdas. Lo explicaré después. Debes arrodillarte en presencia del Alto Sacerdote, y no hablar a menos que él se dirija primero a ti".

"No pienso rendirle pleitesía a uno de vuestros sacerdotes".

Ella se encogió de hombros. "Haz lo que te plazca. Si no lo haces voluntariamente, encontrarán la manera de obligarte, y no será placentero. No tengas dudas sobre eso. Mi responsabilidad es traerte a estos aposentos para ser interrogado, lo que te ocurra después no es de mi incumbencia".

El joven asesino empujó bruscamente a Tallin. "En marcha".

El jinete se giró y encaró al muchacho. "Vuelve a empujarme así y te rompo el brazo".

Gron empezó a reír y a provocar a Tallin, alzando un pie para patearle la rodilla por detrás, pero fue demasiado lento. En un parpadeo, el jinete se dio la vuelta y le agarró el antebrazo; empleando una gran fuerza, retorció la muñeca del joven hasta que todo su cuerpo giró. A continuación se lanzó sobre él y le dio un fuerte codazo, oyendo cómo todo el aire abandonaba sus pulmones.

Skera-Kina no intervino; tan solo se retiró y se cruzó de brazos, esperando a que la pelea terminara. Ambos forcejearon y Tallin acabó en el suelo, pero logró incorporarse y atrapar firmemente el brazo de Gron. Luego le colocó la rodilla sobre el hombro e hizo fuerza hasta que se le salió la articulación. El asesino aulló de dolor.

"Basta. Ya es suficiente". Skera-Kina los separó tranquilamente. Tallin se puso en pie y retrocedió unos pasos. La balborita agarró al muchacho por el cuello, haciéndole gritar de dolor. El brazo derecho le colgaba a un costado, y su hombro estaba hinchado, sobresaliendo en un ángulo antinatural.

"Me decepcionas, aprendiz. Has perdido el control y has vuelto a exceder tus límites. Dime, ¿cómo piensas entrenar para las carreras de esclavos del mes que viene con una lesión así?"

El aprendiz hundió la cabeza. "M-maestra, perdóneme, solo quería…"

"¡Guarda silencio, bobo inconsciente!", le espetó ella. "Tu carácter siempre ha sido un problema, debes aprender a controlarlo. Vuelve a tus aposentos y espera mi reprimenda allá".

"¿Puedo solicitar un sanador para mis heridas, Maestra?"

Skera-Kina frunció el ceño. "No, no puedes. Te colocaré la articulación yo misma, pero todavía no. Ahora vete".

Le ordenó marcharse con un gesto de la mano. Al

aprendiz le tembló el labio inferior, pero no discutió, se dio la media vuelta y abandonó el lugar. Luego Skera-Kina se giró hacia Tallin.

"Le advertí que no me tocara", dijo el jinete como si nada grave hubiera pasado.

Ella hizo un gesto indiferente. "Sí, lo hiciste. Quizá debería darte las gracias, será una buena lección para él vivir con las consecuencias de sus actos durante unos días".

"¿Unos días? Es tu aprendiz, y esa lesión es muy dolorosa. ¿De verdad lo dejarías en ese estado durante días?"

Skera-Kina lo miró socarronamente. "No es algo que ponga en riesgo su vida. Un aprendiz debe aprender a ignorar el dolor, así que es algo bueno para él". Se hizo a un lado para que Tallin pasara. "Ahora, después de ti... *hermano*... el Alto Sacerdote espera".

Continúa en el Libro Seis: La Redención de Kathir

UN AGRADECIMIENTO ESPECIAL

Gracias por leer. Si has disfrutado este libro, por favor ayuda a correr la voz dejando una reseña en Amazon. Tus comentarios ayudan a otras personas a descubrir esta serie.

Puedes conocer más sobre mí y obtener información sobre nuevos lanzamientos uniéndose a mi lista de correo oficial en este enlace: www.KristianAlva.com.

www.ingramcontent.com/pod-product-compliance
Lightning Source LLC
Chambersburg PA
CBHW060915250626
47159CB00008B/3023